明清小品丛刊

[清] 黄图珌 著

袁啸波 校注

看山閣閑筆

上海古籍出版社

图书在版编目(CIP)数据

看山阁闲笔/(清)黄图珌著;袁啸波校注.—上
海:上海古籍出版社,2013.2(2022.3重印)
(明清小品丛刊)
ISBN 978 - 7 - 5325 - 6708 - 9

Ⅰ.①看… Ⅱ.①黄…②袁… Ⅲ.①小品文—作品
集—中国—清代 Ⅳ.①I264.9

中国版本图书馆 CIP 数据核字(2012)第 258813 号

明清小品丛刊
看山阁闲笔
[清]黄图珌 著

袁啸波 校注

上海世纪出版股份有限公司
上海古籍出版社 出版
(上海市闵行区号景路159弄1-5号A座5F 邮政编码201101)
(1)网址:www.guji.com.cn
(2)E - mail:gujil@ guji.com.cn
(3)易文网网址:www.ewen.co
上海世纪出版股份有限公司发行中心发行经销
浙江临安曙光印刷有限公司印刷
开本 850×1168 1/32 印张 9.25 插页 2 字数 200,000
2013 年 2 月第 1 版 2022 年 3 月第 9 次印刷
印数:22,201—23,500
ISBN 978 - 7 - 5325 - 6708 - 9
I·2641 定价:34.00 元
如发生质量问题,读者可向工厂调换

出 版 说 明

　　中国古典散文,自先秦发源,中经汉魏六朝、唐宋,发展到明清,已经进入了其终结期。这一时期,尤其是晚明阶段,伴随着时代社会的发展,文坛也出现了新的变化。这一时期的散文园地,虽然没有再出现过像先秦诸子、唐宋八家那样的天才巨子,但也是作者众多、名家辈出;虽然没有再出现过《庄子》、《韩非子》一类以思理见胜的议论文,《左传》、《史记》一类以叙述见长的史传文,以及韩柳欧苏散文一类文质兼胜的作品,但也有新的开拓和发展,散文的题材更加丰富,形式更加自由,从对政治、历史和社会现实的关注,更多地转向对人生处世、生活情趣的关注,从而形成了又一个以文体为特征命名的发展时期,这就是文学史上习称的明清小品文。

　　小品的名称并不自明清始。"小品"一词,来自佛学,本指佛经的节本。《世说新语·文学》:"殷中军(浩)读《小品》,下二百签,皆是精微。"刘孝标注云:"释氏辨空经有详者焉,有略者焉;详者为《大品》,略者为《小品》。"可见,"小品"本来是就"大品"相对而言,是篇幅上的区分,而不是题材或体裁的区分。小品一词,后来运用到文学领域,同样也没有严格的明确的定义,凡是短篇杂记一类文章,均可称之为小品。题材的包容和体裁的自由,可以说是小品文的主要特点。准确地说,"小品"是一种"文类",可以包括许多具体的文体。事实上,在明人的小品文集中,许多文体,如尺牍、游记、日记、序跋,乃至骈文、辞赋、小说等几乎所有的文体,都可以成为"小品"。明人王思任的《谑庵文饭小品》,就包括了几乎所有的散文、韵文的文体。尽管如此,从阅读和研究的习惯来说,小品文还是有比较宽泛的界定,通常所称的小品文,主要还是就文体而言,指篇幅短小、文辞简约、情趣盎然、韵味隽永的散文作品。

小品文作为一种文体的兴盛,在明清时期,主要在晚明阶段。而小品文的渊源,则仍可追溯到先秦时期。《论语》、《孟子》、《庄子》等书中一些精彩的短章片断,可以看作是后世小品文的滥觞。六朝文人的一些书信、笔记之类,如《世说新语》中所记的人物言行,"简约玄淡,真致不穷"(胡应麟《少室山房类稿·读〈世说新语〉》),更是绝佳的小品之作。唐代小品文又有长足发展。柳宗元的"永州八记",堪称山水小品中的精品。晚唐时期,陆龟蒙、皮日休、罗隐等人的小品文,刺时讽世,尖锐深刻,在衰世的文坛上独树一帜,"正是一塌糊涂的泥塘里的光彩和锋芒"(鲁迅《小品文的危机》)。宋代文化得到空前的发展,出现了不少百科全书式的文化巨人,而其中代表宋代文化最高成就的苏轼,就是一位小品文的巨匠。苏轼自由不羁的性格,多方面的文化素养,使小品文这种文体在他手中运用自如,创作出大量清新俊逸之作,书画题跋这一体裁更是达到了极致。以致明人把他推为小品文的正宗,编有《苏长公小品》。宋代兴起的大量笔记,不少具有很高的文学价值,也为小品文的兴盛起了推波助澜的作用。

　　把小品文作为一种文体加以定名,并有大量作家以主要精力创作小品文,从而使小品文创作趋于繁荣,还得到晚明阶段。这一阶段,不仅有不少作家把自己的著作径以"小品"命名,如朱国祯的《涌幢小品》、陈继儒的《晚香堂小品》、王思任的《谑庵文饭小品》等;还出现了不少以"小品"为名的选本,如王纳谏编《苏长公小品》、华淑编《闲情小品》、陈天定编《古今小品》,陆云龙编《皇明十六家小品》等。而作为小品文达到鼎盛阶段标志的,还得推当时出现的许多具有很高文学成就的小品文作家,如以袁宗道、袁宏道、袁中道"三袁"和江盈科为代表的"公安派"作家,钟惺、谭元春为代表的"竟陵派"作家,以及同时或稍后的屠隆、汤显祖、张大复、陈继儒、李日华、吴从先、刘侗、张岱等,均有小品文著述传世。晚明小品文的主要特点在于独抒性灵,不拘格套,在艺术上极富创造性。晚明小品虽然在思想内涵和历史深度方面,无法与先秦两汉散文、唐宋散文等相比;但在反映时代思潮、探寻人生真谛方面,同样达到了时代的高度。

　　晚明小品文的兴盛,是与当时的社会现实、社会风尚和思潮的影响分不开的。晚明个性解放的思潮、市民意识的增强,是晚明小品文兴盛的重要原因。明亡之后,天翻地覆的巨变使社会思潮产生了新的变化,晚明的社会思潮和文学风尚得到了新的审视;同时,随着清王朝专制统治的加强和正统文学思潮的冲击,小品文的创作也趋于衰微。但仍有一部分作家仍然继承了晚明文学的传统,创作出既有晚明文学精神又具时代特色的小品文,如李渔的《闲情偶寄》、张潮的《幽梦影》、余怀的《板桥杂记》、冒襄的《影梅庵忆语》、沈复的《浮生六记》等,或以其潇洒的情趣,或以其真挚的情怀,为后人所激赏。

明清小品文不仅是中国古典散文终结期时的遗响，而且也是古典散文向现代散文转换中的重要一环，对后世产生了重要影响。"五四"新文学运动的不少散文作家都喜爱晚明小品，周作人在《中国新文字的源流》一书中甚至认为晚明文学运动与"五四"新文学运动有些相似之处。20世纪30年代的中国文坛上，更曾掀起过一阵晚明小品的热潮。以林语堂为代表的作家大力提倡小品与幽默，强调自我，主张闲适，甚至认为"中国现代文学唯一之成功，小品文之成功也"（林语堂《人间世》发刊词）。在当时内忧外患的形势下，林语堂等人的观点无疑是不合时宜的，因而理所当然地受到了鲁迅先生的批评。但鲁迅先生对小品文本身以及晚明文学的代表袁宏道等并不持否定态度，而是认为"小品文大约在将来也可以存在于文坛，只是以'闲适'为主，却稍不够"（《一思而得》）。鲁迅先生是把战斗的小品比作"匕首"与"投枪"，他晚年以主要精力创作杂文，正是重视小品文作用的表现。进入90年代以后，随着思想的解放和物质生活的改善，文坛上又出现了一阵小品随笔热，明清小品的价值在尘封半个世纪之后懂又为人们所发现，并开始得到实事求是的评估。为了使广大读者对明清小品有比较全面的认识，给广大读者提供较好的阅读文本，我们特出版了这套《明清小品丛刊》。

本丛刊精选明清具有较大影响和具有较高欣赏价值的小品文集。入选本丛刊者，系历史上曾单独成集者，不收今人选本。入选的小品文集一般根据通行本加以校勘，所据版本均在前言中予以注明。一般不出校记，重要异文则在注中注明。由于明清小品文作者多率性而作，又多引用前人诗文及典故，所论又多切合当时社会风尚，为给读者阅读提供参考和帮助，特对入选的小品文予以简注,对文中出现的人名、地名、典故、术语加以简明的注释,语词一般不注。明清小品文集的校注工作是一项尝试,疏误之处当在所不免,殷切地期待着读者的批评与指正。

上海古籍出版社

前　言

　　古代文人高士追求优雅闲适的生活艺术之风兴起于魏晋。如七贤之于竹林，谢安之于东山，王羲之之于兰亭，葛洪之于罗浮，王徽之之于竹，陶渊明之于菊，莫不成为千古佳话。此后，如王维之于辋川，柳宗元之于愚溪，李白之于酒，卢仝之于茶，林逋之于梅，米芾之于石，周敦颐之于莲，亦自风流潇洒，奕世流芳。降至明清，斯风尤盛，且延及撰述。如明高濂之《遵生八笺》、文震亨之《长物志》、陈继儒之《小窗幽记》，清李渔之《闲情偶寄》、张潮之《幽梦影》、石成金之《快乐天机》等，比比皆是。诸书各具特色：《遵生八笺》以佛道思想为依归，偏重养生保健；《长物志》偏重家居生活艺术；《小窗幽记》和《幽梦影》则短语清言，兴到而书，多人生感悟，然无确切主题；《闲情偶寄》之可贵，在于将戏曲创作与表演阑入书中，其他部分也不剿袭古人，于居室、器玩、饮馔、种植、颐养等方面均有独到精见；《快乐天机》则雅语俗言相杂，亦庄亦谐，缕述如何获取快乐与养生调摄之法。

　　四库馆臣对《长物志》的评价，最能体现古代正统文士对于此类小品书籍的看法："所论皆闲适游戏之事，纤细毕具。

明季山人墨客多传是术,著书问世,累牍盈篇,大抵皆琐细不足录。"(《四库全书总目提要·长物志》)这种评价显然有失允当。须知正是此类撰述,让今人可以窥见古人讲求生活艺术的种种细节。由于明清两代手工业和商品经济的长足发展,许多精美的生活用品被大量制造出来,从而进一步推动了文人雅士对于生活品质的更高追求。如瓷器之于美馔、砂壶之于茶艺,铜炉之于香道,家具之于居室,园林之于文人雅集,等等,均互为推波助澜,向着更高的境界迈进。于是大量体现优雅生活品位、反映精致生活艺术的小品书籍就应运而生了。

林语堂先生在《中国人·人生的艺术》中说:"小品文是中国人精神的产物,闲暇生活的乐趣是其永恒的主题。"以今天的语言来表述,小品书籍中包含了文学、美术、音乐、戏曲、收藏鉴赏、建筑设计、家具制作、室内陈设、文房物品、日用器具、服饰、美容、游戏、游览、鸟兽鱼虫饲养、花卉种植、焚香、品茗、饮食、养生等日常生活的方方面面,是古代生活艺术集中而全面的反映。

前年春,我偶见清代刻本黄图珌著《看山阁集》,意外地读到《闲笔》,不禁惊叹道:这不是又一部《闲情偶寄》吗!两位作者所处年代接近,就连喜好和擅长也何其相似:同样都是戏曲家,同样擅长戏曲创作,又同样热衷于追求精致闲雅的生活艺术。然而,这两本书的遭遇却截然不同:《闲情偶寄》一经问世,便风行天下,屡印不衰;《闲笔》则尘封邺架,几乎无人知晓,令人不禁为之唏嘘扼腕。书之命运也与人之命运相似。李渔居于通都大邑,未刊《闲情偶寄》前,其传奇、小说业已风行海内,名满天下;黄图珌则以一介冷官闲曹僻居山乡,偏爱幽隐林泉,白云自怡,加之《闲笔》又缀于文集后,从未单行,故而难免湮没不彰。

黄图珌,字容之,号守真子,别号蕉窗居士,江苏松江(今属上海)人。生于康熙三十八年(1699),卒年不详。雍正时任杭州府同知,后调任衢州府同知。任内曾在官衙附近建有楼阁,名"看山阁"。乾隆间三任浙江乡试监试官。平生有山水癖,遍游燕、齐、吴、越。擅长戏曲创作,为清代著名戏曲作家之一。诗赋亦清丽可人。其作品均收录于《看山阁集》。

《闲笔》继承了前代小品书籍的长处,又有较大拓展和创新。和以往的小品书籍相比,其特色可以归结为以下几点:

第一,内容更为丰赡。从如何做人,如何为官,如何创作文章、诗赋、词曲,如何写字作画,到如何制作门帘、门户、桌椅、壁灯,如何读书,如何休闲娱乐,如何选择和陈设家具、书画、各种玩器,如何赏花,乃至品评佳人、梳妆美容、闺房乐事、医卜星相之术,可谓应有尽有,堪称一部小型传统文化百科全书。

第二,分类更加明晰细致,且能自成体系。全书以儒家思想为核心和准绳,将各个部分安排得井然有序。如首《人品部》,次《文学部》(书画包括在内)、《仕宦部》,再次《技艺部》、《制作部》、《清玩部》,最后为《芳香部》(包括赏花、闺阁)、《游戏部》,主次轻重,一目了然。

第三,精神品位更高。前此各种小品书籍均侧重于休闲娱乐,颐养清修,独善其身。本书虽名曰"闲笔",其实并非全"闲"。黄图珌在自序中讲得很明白:"凡人品之大端、文学之大意、仕宦之大要、技艺之大略,分类成帙,时时翻阅,以自惊惕。然恐陈腐之气熏人,迂阔之论恶听,因续'制作'以脱人之俗,'清玩'以佐人之幽,'芳香'以艳人之目,'游戏'以怡人之情。庶观是书者,端人既不致委唾,而逸士亦良有同心也。噫,所谓闲笔,是笔究竟又何尝闲邪?"可见作者也是有为而作,超出了闲暇的范围,并非纯粹供人消遣。

《闲笔》共十六卷,分八个部分,以丰富多彩的内容展现了古代文人士大夫的生活艺术和人生理想。下面略作介绍。

作者将《人品部》置于书首,开篇便说:"为士之道,首重人品。欲成第一等人,先立第一等品。"体现了儒家修身为首、重视德行的观念。《人品部·居乡》内"立身"、"立品"、"立心"、"立行"、"立德"、"立义"、"立志"诸篇,《出仕》内"守洁"、"守诚"两篇,实皆围绕德行而言,立功、立言、立名均在其次。

《人品部》之后即是《文学部》,包括文章、诗赋、词曲(指戏曲)、诗书、书法、绘画,表明作者对文学艺术的高度重视。这部分既详述了各种文体的特点、作诗作文的基本技巧以及需要注意的事项;也讲解了书画的用笔方法,如何临摹,如何使作品有气韵,如何求变等。如果说《人品部》是德育的话,那么《文学部》就是美育了。

第三部分才是《仕宦部》,备述为官之道。寒窗苦读,金榜题名,最后步入仕途,乃古代士子梦寐以求的理想,也是他们施展才华、实现抱负的重要方式。而真正要做好一名官,做一名好官,却并非易事。为了培养、激励官员努力成为一名造福国家、受百姓爱戴的好官,古人有不少对官员进行指导、劝勉、警诫的言论、文章和书籍,统称为官箴。此部分即是官箴。它全面阐述了从州县小官到督抚大员大小各级官吏的职责范围、应行之政以及必须警惕和防止的种种过恶,可谓巨细无遗。作者认为,民为邦本,故在文中不忘时时提醒官员们要处处爱护百姓、顾惜民力,为百姓多办实事;并特别强调官员要重视提高自身道德修养,还列举历代著名廉吏作为榜样。作者苦口婆心,不厌其烦,无非是期望官员们能成为遵守儒家思想道德和行为规范、利国利民的好官。

第四部分为《技艺部》,包括医、卜、星、相、天时、地理、匠工,其中,述为医与工匠之道,多有可采,馀则不尽科学,然可作为传统文化的一部分稍作了解。值得一提的是,作者在本部分专辟《匠工》一章,对工匠进行专门论述,并于末尾云:"匠有大小,大则以栋梁之寄,小则以器皿之需,成万世相绳不易之规。噫,匠之为功于天下,岂浅鲜者比哉!"给予工匠以很高的评价,破除了几千年来轻视工匠的偏见。这种观念,即使在古代某些专讲营造和器物的著述中也是难得一见的。

第五部分《制作部》、第六部分《清玩部》、第七部分《芳香部》、第八部分《游戏部》均为本书最精彩的部分。如《制作部》内对于门户的设计,新颖美观,富有艺术性,令人击节叹赏。所设计之画帘、秋叶帘、琴门、画中扉、暖桌、梅梢月式灯等,均别具巧思,新人眼目。《清玩部》则讲消闲自怡之法以及古玩艺术品收藏法、家具陈设法、文具雅玩挑选法等。《芳香部》言赏花之法多有心得,如谓赏桃花宜乘舟,赏海棠宜半含不吐之时,赏玉兰宜月下,赏芍药宜席地而坐,赏兰花宜置于书案间等等。言闺阁则不同流俗,如云:"世俗谓女子不宜识字读书,谬矣。夫读书,明理也。未有欲明理而反为理所闭也。古来贤女如孟光、陶婴,其非识字读书者邪?"(卷十四《芳香部·闺阁》)"女子难在有书气,易在有俗气。贵在卓然有丈夫气,贱在靡然有粉黛气。"(卷十四《芳香部·闺房乐事》)还推崇女子有林下风和侠气,而独不喜脂粉气。在"女子无才便是德"的封建社会,能有如此认识,非常难能可贵。《游戏部·胜概》

记登览游赏之事,《诙谐》则记载了一些小笑话,幽默中发人深省。

在《闲笔》所载诸多休闲娱乐方式中,文学艺术最为作者所推重。将艺术融入生活,将生活艺术化,这一理念贯穿了本书的大部分章节。首先,作者十分重视个人文学艺术修养的培育。这一点集中体现在卷三《文学部》内:作者分别论述了文章、诗赋、词曲以及书法、绘画等的创作技巧和要点。其次,提倡将学得的文学艺术知识和才华运用到日常生活中去,而非仅仅停留在书斋里。在这方面,作者作了大胆的探索和尝试。如在卷九《制作部》中,作者精心设计出多款造型新颖、充满艺术魅力的门帘和门户以及仿瓷仿绫式匾额、假山石制成的"天然图画"、花卉制成的"鲜花活卉图"等等,均堪称艺术融入家居生活的优秀范例,值得今人借鉴和学习。卷十一《清玩部》和卷十三《芳香部·赏花》则处处充盈着文学的韵味,可谓将文学艺术融入到了游玩赏景之中。

此外,亲近自然也是作者最为青睐的休闲娱乐方式之一。这也是中国古代文人最喜爱的休闲方式。如卷四《文学部·诗书》述读书最适宜之环境云:宜雨轩、宜月梧、宜绿阴、宜梅窗、宜松冈、宜兰谷、宜云窝、宜山居、宜江村、宜竹林等,将阅读融入优美的自然环境中,多么富有诗意!卷十一《清玩部》述闲居之乐:花朝月夜、山中日月、花间丝竹、洞头箫瑟、岭上白云、楼头明月、风吟松竹、平林游戏、幽谷盘旋等,无不令人陶醉。又如卷十三《芳香部·赏花》述赏花之妙趣,也与自然息息相关。至于卷十五《游戏部·胜概》述登山游览之乐,更是全身心投入大自然的怀抱。须要指出的是,古人眼中的自然,并非是和人相对立的纯客观自然,而是与人和谐共存、相互融合的自然，人文的自然，诗化的自然。如本书中说到梅花，必提林和靖；说到松菊，必提陶渊明；说到竹，必提王徽之；说到荷花，必提周敦颐；说到石头，必提米芾；说到月亮，必提庾亮，等等。在这里，植物已不是单纯的植物，而被赋予了人格魅力；石头已不再是单纯的石头，月亮也不再是单纯的月亮，而染上了浓重的人文色彩。今天居住在都市里的人远离了自然，也失去了那种只有在自然中才能获得的简单快乐。对于那些过度沉湎于现代物质文明之中的人们来说，读读这本小书，无异于服一帖清凉散。

《闲笔》的语言也颇具特色。说理浅易平实，不教条，不尚玄言清谈，不作禅语机锋，而又时出隽语，启人思考。如卷一《人品部·居乡》："君子之立行也，高而不危，直而不屈，清而不浊，昂而不卑。征奇瑞于孝友之门，吐真香于诗书之宅。志不可穷，腰不能折。自得松筠之潇洒，独耐岁寒；不随桃李之芳菲，仅当春暖。扶危济困，无惭长者之风；积德累仁，可喜善人之誉。此君子立行之大要也。"讲树立君子之品行浅显形象、直截了当，并不转弯抹角。卷二《人品部·忠言》云："人生世上，那一件是真的？然不可因其不真，而吾亦不真。总之，吾自守真，不必论其他之不真也。""人生世上，那一件不是假的？然不可因其假，而吾亦假。总之，吾自不假，不必论其他之假也。"令人联想到当下社会，诚信危机频现，造假出现在许多领域，成为较普遍的现象。在这种形势下，要想改善社会风气，我们每个人就都应该从我做起，自守其真，而决不能因为别人作假，我也跟着做假。同卷《人品部·益语》又云："小事要作大事想，易事要作难事想，乐事要作苦事想，苦事要作乐事想。如此，可以永无刑险，则一生受用不尽矣。"这段话也同样耐人寻味,只有经过人生历练的人才能悟出其中蕴含的深刻道理。

《闲笔》叙事写景,则语言简洁优美,得抑扬顿挫之妙。如卷四《文学部·诗书·宜绿阴》:"夏多炎暑,宜避于绿阴深处,执《庄子》内外篇披读再过,不觉手倦抛书,身欲化蝶。及醒时,不知梦往何所。"卷十一《清玩部·茗碗炉香》:"一炉香,一瓯茗,佐人幽赏,以破寂寥。然炉香虽妙,未免烟火生活,曷若芝兰自然之芳气?其炉虽设,而香似可不焚,非比茗碗,所必不可少者。予有卢仝之癖,常于竹外花间,石边月下,取扬子江中之水,烹蒙山顶上之茶,虽七碗,恐犹不足以解吾之病渴也。"卷十三《芳香部·赏花》:"欲赏是花(指桃花),必求一叶小舟,随风飘泊,芳香红雨,可许近攀远眺,自得武陵渔人误入花源之想也。至若陆地赏桃,既不得其宜,而反增吾俗。君其慎之!"不仅造语精妙,且能营造出一番美妙的意境来。

关于作者的生年,《清人诗文集总目提要》、《清代人物生卒年表》等均误作清康熙三十七年(1698)。按:据《看山阁集·南曲》卷三《双调·堂上翁·思亲》:"戊申春,服阕,旋即入都谒选,仰承圣恩,分守杭州。"知其初出仕在清雍正六年(1728)。又据《看山阁续集》卷八《寿日追忆少年景况》小序:"今宦游三十年,已届周甲。"则知作者1758年恰好60岁,依此推算,则应生于1699年,即清康熙三十八年。此年为己卯年,恰与《看山阁集·诗馀》卷四《月当厅·自感》"我生己卯"句相合,可无疑也。

据黄图珌清乾隆十七年(1752)自序,本书应作于衢州任上。再据卷十六《游戏部·凭吊·安愚之庄》"司马一席,元属新设……吾安于此已十有八年",对照自序"司马,闲官也。予待罪三衢,经今十有八年矣",可知本书撰成于乾隆十七年。又据书首林明伦序"甲戌之夏,余奉命出守三衢……黄君之诗古文词既自序以行于世,今又属予并序此编",则《闲笔》大约刊刻于清乾隆十九年(1754)。

本书据清乾隆刻本《看山阁集》标点整理,原名《闲笔》,今从该集中抽出单行,故冠以集名,命名为《看山阁闲笔》。《看山阁集》前原有看山阁图及题辞,兹附于书末,以供观赏。注释侧重于古代人名、地名、名词术语和典故。原书讹误均作更正,并在注释中予以说明,不另出校记。为便于今人阅读,一些反复出现的通假字、古今字,如尝(常)、亨(烹)、县(悬)、卓(桌)、扁(匾)、段(缎)、繇(由)等,一律统改为本字或通行字。断句、注解如有不当之处,敬请方家斧正。

承蒙奚彤云女士热情推荐此书出版,复蒙责任编辑郭时羽女士悉心审阅,于此深表谢忱。

袁啸波

辛卯腊月于沪上恒升大厦之雅古斋

目　　录

看山阁闲笔序

甲戌之夏,予奉命出守三衢①。时衢司马黄君蕉窗以秩满入觐②,相见京师。与之言,文而理,辨而不跅③。继出其所著《闲笔》一卷示予,则多阅历有得、陶适性情之言。予既甚异之,及与予先后之衢,复示予以其所著诗古文词若干卷。予受而读之,彬彬乎质有其文,非好之笃、用力之深,安能若是之多且工也? 闻之:登高能赋,可以为大夫④。予观黄君之书,镵刻万物⑤,洞达人情。苟试之繁剧⑥,其政事必有可观。而司马闲散,所治又荒僻,栖迟偃仰⑦,吏隐于深山穷谷之中者几二十年⑧。今入觐有旨,回任待迁,而黄君亦将老矣,比得之非其所乐也。虽然,使黄君位早通显,任愈大则责益重,将劳攘于簿书期会之不暇⑨,又何暇舍其职之所当为以为文章哉? 即有馀力勉为之,又安能若是之多且工哉? 予初官翰林,久不知其乐。今出为州守 ,秩不逾黄君,而地当冲要,心劳力瘁,欲如昔日之读书著文,已不可得。宜乎黄君之久困不怨,而以文自憙也⑩。黄君之诗古文词既自序以行于世,今又属予并序此编,都为一集,予不能辞也。故为序而归之。

岭南弟林明伦拜手⑪

① 三衢：衢州府。今浙江衢州市。

② 司马：古代官名，历代职权不同。唐制，于每州设司马，作为刺史的佐官，无实权，多由贬谪或闲散之人担任。明清士大夫雅称同知（知府的副职）为司马。此处即代指同知。　黄君蕉窗：即本书作者黄图珌，号蕉窗居士，曾官衢州府同知。

③ 不跲(jiá)：没有阻绊。跲，绊倒。

④ "登高"二句：意谓善于作文，就能做大夫官。《汉书·艺文志》第十："传曰：'不歌而诵，谓之赋。登高能赋，可以为大夫。'言感物造耑（古"端"字），材知深美，可与图事，故可以为列大夫也。"大夫，古代官名。西周以后先秦诸侯国中，在国君之下设卿、大夫、士三等。大夫世袭，有封地。后世遂以大夫代指官员。

⑤ 镵(chán)刻：凿刻，雕刻。此处意为用文字来描述、刻画。镵，通"劖"，凿。

⑥ "苟试"句：意谓如果让他担任政务繁重的官职。苟，如果。试，任用。繁剧，事务繁重，此处代指政务繁重的职位。

⑦ 栖迟：游息。　偃仰：俯仰，此指安居。

⑧ 吏隐：旧时士大夫常以官职卑微，称为吏隐，意指隐于下位。

⑨ 劳攘：辛苦忙碌。　簿书：官署文书。　期会：约期聚集。

⑩ 憙(xǐ)：喜欢。

⑪ 林明伦：号穆庵。清始兴（今广东始兴）人。乾隆进士。官衢州知府。

序

　　司马，闲官也。予待罪三衢，经今十有八年矣。地连闽豫①，户杂棚寮②，颇称难治。恭承圣天子教育咸敷，恩光普照，陡使风移俗易，盗息民宁。村农多力耕之乐，歉犹转丰③；野叟有磐石之歌④，老当益壮。不觉庭馀草色，印带薜痕，琴榻风清，鹤阶月朗。于是情移于山林之畔，托兴于笔墨之间，随心所发，故名《闲笔》。凡人品之大端、文学之大意、仕宦之大要、技艺之大略，分类成帙，时时翻阅，以自惊惕⑤。然恐陈腐之气熏人，迂阔之论恶听，因续"制作"以脱人之俗，"清玩"以佐人之幽，"芳香"以艳人之目，"游戏"以怡人之情。庶观是书者，端人既不致委唾，而逸士亦良有同心也。噫，所谓闲笔，是笔究竟又何尝闲邪? 遂自为之序。

　　　　乾隆壬申夏六月之朔峰泖黄图珌题⑥

① 闽豫：闽，今福建。豫，豫章郡，今江西。
② 棚寮：简陋的棚屋。
③ 歉：收成不好。
④ "野叟"句：典出《说郛·迷楼记》。古有野老独自在磐石上歌舞，人询之曰："子何独乐之多也?"叟曰："吾有三乐，子知之乎?""何也?""人

生难遇太平世,吾今不见兵革,此一乐也;人生难得肢体完备,吾身不残疾,此二乐也;人生难得寿,吾今年八十矣,此三乐也。"问者叹赏而去。

⑤ 惊惕:警惕。惊,通"警"。

⑥ 峰泖:指上海松江境内的九峰三泖(详见卷三《文学部》注)。此处代指松江。泖,小的湖泊。

看山阁闲笔卷一

人 品 部

为士之道,首重人品。欲成第一等人,先立第一等品。清若春冰,洁如秋露,纤尘莫入,片月常凝①;养美玉精金之贵,守苍松修竹之高:乃是第一等人品,为士者所当立也。

① 常:长久。

居 乡

士之居乡也,穷经论道,博雅师古。德馨于陋室,名重乎愚溪①。鸣理性之琴②,交知心之友。酒不及乱,诗必求工。安箪食而无改其乐③,畏俗尘而常洗其心。桃花流水,自得幽源;明月清风,尽成佳境。慎勿骄傲乡党,刻薄斗升④;何须多藏金帛⑤,广置田园?其将效世俗态,作市井气邪?噫嘘!苦困利域,徒憎人品之卑;乐耕福田⑥,方为子孙之计。因略其要,漫书于左。

① 愚溪:水名。在今湖南省零陵县西南。本名冉溪。唐柳宗元谪居于此,更名为愚溪,有愤世自嘲之意。
② 理性:修养品性。

③"安箪食"句：典出《论语·雍也第六》："子曰：'贤哉，回也！一箪食，一瓢饮，人不堪其忧，回也不改其乐。贤哉，回也！'"这是孔子赞扬弟子颜回的话。箪，盛饭用的竹器。箪食、瓢饮，喻生活清贫。

④ 刻薄斗升：收租或交易时，在分量上很苛刻。斗、升，古代容量单位，一斗等于十升。

⑤ 金帛：黄金和丝绸。泛指钱财。

⑥ 福田：福德之田。佛教认为积累善行可以获得福报，犹如农人耕田会有收成，故以田为喻。

立 身

君子之立身也，修养为工，正诚为用①。不骄不傲，无屈无伸。昭景星庆云之瑞②，纳光风霁月之幽③。立千秋不易之言，为万世相绳之法④。任困穷而浩气犹存，历艰苦而豪情不减。既如执玉⑤，更若履冰⑥。养成廊庙之材⑦，已优于学⑧；终作山林之隐，自安其命。此君子立身之大要也。

人生世上，当念此身受之于父母，所以兢兢业业，不敢毁伤，何等重也，岂可不作一立身之法？既不致玷辱于祖先，更毋使遗讥于后世。虽未能荣，亦何可屈？故君子往往以德润道修，行慎守谨，实实用了多少工夫，才得保全自己的身子。这便算不负父母之遗体也。

① 正诚：正心诚意。《大学》："欲修其身者，先正其心，欲正其心者，先诚其意。"

② 昭：彰显。 景星：星名，也称瑞星。 庆云：五色云。古人认为是祥瑞之气。

③ 光风霁月：天朗气清时的和风，雨过天晴后的明月。

④ 绳：继承。

⑤ 执玉：手捧玉器。《礼记·祭义》："孝子如执玉，如奉盈，洞洞属属然如弗胜，如将失之。"此处意为小心翼翼。

⑥ 履冰：走在冰上。《诗经·小雅·小旻》："战战兢兢，如临深渊，如履薄冰。"后因以履冰来比喻小心谨慎，时时警惕。

⑦ 廊庙之材：国家栋梁之才。廊庙，朝廷，代指国家。

⑧ 已优于学：在学习上已很优异。典出《论语·子张第十九》："子夏曰：'仕而优则学，学而优则仕。'"

立　品

君子之立品也，不负虚名，不污小利。其洁如玉，其幽若兰。虽衡门挂席①，而不受人怜；即陋巷穷居，而无改我乐。礼乐文章，事事人难胜我；功名富贵，般般我易让人。此君子立品之大要也。

人或不能立品者，悉由利欲熏心②，那肯于名节关头着些脚力③，偏要在铜钱眼里做尽工夫。甚有屈身忍辱，见利昧良，无所不至。譬如相交朋友，全以信义为重。今俗不过礼物酬答，杯酒殷勤，即为好友，何曾讲个信字？又何曾论个义字？若一富一贫，明为出力帮扶，暗实打算剥削。此非交我，乃交孔方也④。又如昏姻⑤，元系结联二姓之好，以冀主宗祧⑥，继后嗣也。其聘礼妆奁或丰或俭，既须量力，亦必随时，毋使媒人两头奔走，请益求减，做尽百般丑态，如市井一交易状。殊不知女家既不堪以聘财饱橐，男家亦何耻以赔送肥身？当崇古礼，毋循时俗。文中子曰："昏娶论财，夷虏之道也。"⑦岂士所当行者哉！况费则彼此皆费，省则彼此俱省，何苦将簇新亲眷，遂成了深仇冤家。即此二端，品行何在？噫，士不敦品⑧，乌足为士哉⑨！

① 衡门挂席：横木为门，上挂草席。喻指居室极其简陋。
② 悉由：都由于。悉，全，都。
③ 那：疑问代词，今写作"哪"。
④ 孔方：钱的别称，也作孔方兄。因古钱币多方孔，故名。
⑤ 昏姻：即婚姻。昏通"婚"。
⑥ 主宗祧(tiāo)：掌管宗庙事务。祧，远祖之庙。
⑦ 语出《中说》卷三。文中子即王通，字仲淹，隋龙门(今山西万荣县通化，一说山西河津)人。著名教育家、思想家。仁寿间西游长安，上太平十二策，未用。任蜀郡司户书佐，不久弃官归，著书讲学，弟子千数。卒，门人私谥文中子。著有《续六经》、《中说》等。夷虏，古人对周边落后民族的轻蔑称呼。
⑧ 敦品：砥砺品德操守。
⑨ 乌：疑问代词，何，哪。

立 心

　　君子之立心也，广大虚明，宁远高旷。澹然若春山之云，安而能静；洁然如秋江之水，流之愈清。见义必行，乐善不倦；守正守诚，居廉居让；炎凉莫攻，金紫难夺①。此君子立心之大要也。

　　心为身之主宰，动弹自随②。心正，则所出之言、所行之事无不达理明德；如心不正，则一言一事必致乖张刻薄。且富贵功名全是心田所种。若心田一荒，其刑狱祸患立即随之。所以君子先正其心，心正而意自诚，言必可重，事必尽善。总要在自己把持得定，勿使喜怒哀乐、富贵利达缠扰于中，抹去吾之本真，以致穷思极想，妄作匪为。盖由心不正而意不诚也。嗟乎！夫心之为用，或起于善，元是福田③；或起于恶，反为祸苗。吾愿世人但须要福田丰登，不致使祸苗滋蔓。其正诚二字，惟期人人共勉，岂独士所当然者邪。

① 金紫：金鱼袋和紫衣，唐宋时官员的服饰。此指被封官。
② 动弹：动作；活动。"弹"原作"㣃"，误，据文意改。
③ 元：通"原"，原来，本来。

立　行①

君子之立行也，高而不危，直而不屈，清而不浊，昂而不卑。征奇瑞于孝友之门，吐真香于诗书之宅。志不可穷，腰不能折。自得松筠之潇洒②，独耐岁寒；不随桃李之芳菲，仅当春暖。扶危济困，无惭长者之风；积德累仁③，可喜善人之誉。此君子立行之大要也。

六行曰：智仁、圣义、中和、孝友、睦姻、任恤④。此先王之教也。人人道是，却未见人在是字上面做些工夫，把这六件美行时时讲究得精明透彻，恪守遵循。一件也不可使人夺我，一件也不可舍己让人。总要把心安得端端正正，毋起妄念，毋动邪思。维守大义，不污小利。莫毁莫害，勿改勿反。历久无怠，自必有成。如此，庶不愧为一代之大儒矣。

① 立行：树立品行。
② 筠(yún)：竹子的青皮。引申为竹子的别称。
③ 积德累仁：积累仁善之行。
④ 睦姻：对宗族和睦，对外亲亲密。　任恤：待人诚信，并给人以

帮助和同情。

立 德

君子之立德也，温和明润，清远光华，能育能怀，且敬且慎。合天安命，歌咏遍于里间[①]；精进淳修，馨香满乎门第。惜如积金，守堪比玉。宁可清贫，不思昧有[②]。毋囤积仓廪以坐视人饥，毋悭吝赀囊以妄顾人急[③]。毋伤损阴功以构唆人讼[④]，毋败坏名节以渔色人妻。毋言语轻浮以辄谈人故，毋心思巧诈以起意人财。成人之美，掩人之非。常怀恻隐之心[⑤]，时切济施之念。广其不足，直通富贵之源；用且有馀，方为子孙之计。此君子立德之大要也。

太上有三立，曰立德，其次立功，其次立言[⑥]。三者皆关乎阴骘[⑦]，吾儒岂可忽哉？夫德者，立心之本也，立行之源也。如心正诚而一事不敢非德，如行高洁而一步亦不敢非德。从心所发，由行而成也。所以前篇劝人把心要归得正，行要居得高，正是为立德地步。譬如富有，愈要积德，孝子顺孙可以长享；即使贫无，亦须积德，锦衣玉食尽是前因。要知德之一字，无论贫富，不可不积。积得深，便报得厚。昔人有云：积金与子孙，不如积德与子孙。此之谓也。何不勉为！

① 里间(lǘ)：乡里。

② 昧有：暗中通过不正当手段获取财富。

③ 赀(zī)：通"资"，钱财。 妄顾：无顾，不顾。妄通"无"。

④ 阴功：即阴德。暗中施德于人，其功德称为阴德，也称阴功。
构唆：挑拨唆使。 讼：诉讼案件。此指打官司。

⑤ 恻隐：同情。

⑥ "太上"四句：源出《左传》襄公二十四年："太上有立德，其次有立功，其次有立言，虽久不废，此之谓不朽。"太上，即最上，指最高的人生理想。立德、立功、立言，后世合称"三不朽"，为古人极力追求的目标。

⑦ 阴骘(zhì)：意同阴德、阴功。做善事而不让人知，其功德称为"阴骘"。

立　功

君子之立功也，先明其德，后治其功。砺节成名，不作无用之器；奇勋伟业，必待非常之人。推贤以课①，施教而兴。著书立说，直弘礼乐之法门；乐善好施，用广子孙之良计。偏能不伐不争②，以安贵位；岂欲满千满百，而列仙班？此君子立功之大要也。

立德难，立功亦不易。非谓力战沙场，治安天下为之功也。大凡人生世上，一举一动，善则为功，不善则为过。你道富贵贫贱，谁不凭着自己心性，忙忙碌碌、糊糊涂涂的混过了一生，几曾想到这个地步。算将起来，一日一日，不知积上无数的过。若要论功，究竟在于何所？嗟嗟！人生五十，方知四十九年之非，则四十九年前一举一动无往非过。将欲于四十九年后，守定一个"善"字，步步不敢匪为，窃恐补不足那四十九年前之过。是为痛恨。所以谓立德难，而立功亦不易也。

① 课：考查，考核。

② 伐：自我夸耀。

立　言

君子之立言也，其幽如兰，其贵如金。虽便便而唯谨①，犹哑哑以有则②。能成能败，均起于一声齿吻之中；有辱有荣，尽出在两字阴功之内。可以赠人，可以安国，可以折狱③，可以治功。必慎于辞，毋妄其说。虽然，狂亦当采，而愚犹可择。窃恐尽则招怨，而烦以致争。既须清如鹤唳，亦必高若凤鸣。切勿浮谈，谈则定为千秋之法；宁毋轻发，发则自成百世之功。此君子立言之大要也。

日出万言，岂无一错？自是古人慎言而不妄发，发则如兰之幽，如金之贵，可以为天下后世法，其功最大，其德甚深也。太上曰④：一语而伤天地之和，一言而折终身之福。所以出言必须忠厚，毋致刻薄。切戒口利为事，勿效舌辩逞能，以致伤和折福，可不慎之！无如世俗浇漓⑤，人心不古，往往有那自负能言之辈，惯习讥讽伤人，人不能答，即洋洋得意，以为被我僭了便宜⑥。殊不知天不言，则自高；地不言，则自厚。彼欲想僭便宜，而便宜却被别人僭去，究竟自己不能僭来，反损了几多的阴骘，是何谓邪？其好舌辩者，亟宜猛省。

① 语出《论语·乡党第十》："其在宗庙朝廷，便便言，唯谨尔。"便便(piān piān)，形容言语明白流畅。

② 语出《周易·震卦第五十一》："笑言哑哑，后有则也。"哑哑，笑声。

③ 折狱：断狱，判案。

④ 太上：此指道教最高神太上道君。

⑤ 无如：无奈。　浇漓：轻浮淡薄。

⑥ 僭(jiàn)：占。指超越本分占取。

立 名

君子之立名也，香饮人间，光垂天下。既可不污，尤能不辱。毋饰诈以盗一时之盛，但推诚而成万世之功。至若生时则荣，没后乃已，何啻呰窳就功①，蜉蝣毕世②，亦无堪尚③，更耻于求④。何如自守高华之节，而不能假人⑤；所当常怀精洁之心，以不忘过我⑥。此君子立名之大要也。

人生独有名节二字，关系匪细，有不得不认真者。毋致苟且，以掩饰目前；必须真诚，而念及身后。窃见世俗碌碌，皆尚争名。其所争之名，不过禄位，自谓可以荣施宗党，夸耀里闾。既未能独立人间实在不朽之名，又何必仅图眼下浮华浅近之誉。士风摧颓⑦，一至于此。若说立名固节，定要做官而后可得，则知不做官之人自应败名丧节矣，是何谓邪？其何愚之若此邪！独不思巢父有高名⑧，子陵有贤名⑨，贞白有仙名⑩，和靖有隐名⑪，未尝在做官而得名者。即吾黄氏，始自文疆⑫，有孝友名，继而鲁直⑬，有礼乐名，虽做官，而实不因做官而成名也。总要拿定主意，养真明道，修德立言，还他些正经工夫，那怕不成一代之美名，何在做官不做官邪？至若苟获一官，不能洁己爱民，而无循声善政，不过身披锦绣，夸耀里闾，仅得一时浅近龌龊之名。其不做官者，小利不污，大事不俗，何愁不成百世久远馨香之誉。所以真要立名，不在做官不做官也。

① 何啻(chì)：何止，岂只。　呰窳(zǐ yǔ)：苟且。　就功：成就

事功。

②"蜉蝣"句：指像蜉蝣一样微不足道，很快度过一生，未留下任何痕迹。蜉蝣，一种昆虫，又名蜉蝣，幼虫生活在水中，成虫褐绿色，有大小二对翅膀，寿命极短，朝生暮死。

③ 无堪尚：不值得推崇。尚，尊崇。

④ 耻于求：耻于去追求。按，"耻于"原作"不耻"，意正相反，误，据文意改。

⑤ 假人：凭借别人。假，凭借。

⑥ 过我：责备自己。

⑦ 摧颓：摧折，衰败。

⑧ 巢父：传说上古尧帝时的隐士，以树为巢，寝于其上，故号巢父。

⑨ 子陵：即严光，字子陵。曾与汉光武帝一起游学，刘秀即位后，召其至京师洛阳，授谏议大夫，婉言谢绝，退隐富春江畔。

⑩ 贞白：即陶弘景，字通明，南朝梁秣陵（今江苏南京）人，道教学者、医药学家、炼丹家。初为齐诸王侍读，后隐居句容（今江苏句容）句曲山。因佐萧衍夺齐帝位，建梁王朝，参与朝政，时称"山中宰相"。年八十五，无疾而终，人谓仙去。谥贞白先生。有《本草经集注》、《真诰》等。

⑪ 和靖：即林逋，字君复，宋钱塘（今杭州）人。长期隐居在西湖孤山，终生不仕不婚，赏梅养鹤。能书善诗。死谥和靖先生。有《林和靖诗集》。

⑫ 文疆：即黄香，字文疆，东汉安陆（今湖北安陆西北）人。年九岁，失母，思慕憔悴，殆不免丧。事父至孝，夏月扇枕席，冬则以身温被。后官至尚书令。

⑬ 鲁直：即黄庭坚，字鲁直，北宋分宁（今江西修水）人。治平四年进士，曾官国子监教授、著作佐郎、涪州别驾等。为宋代著名诗人和书法家。有《山谷集》。

立　义

君子之立义也，服以行信①，唱而成业②。既不贵惠③，自必慕驰④。焚券之举既豪⑤，助麦之功不小⑥。既无愧闻高以结布衣之交⑦，其尤难陈种而成圣王之治⑧。业已久怀，岂曰不如嗜利；正当尝处，因而维是学《诗》。此君子立义之大要也。

　　为臣当忠，为子当孝，此人之大义也。推而广之，则为兄当良，为弟当悌⑨，为长当惠，为幼当顺，为夫当义，为妻当听耳。是谓六义，为立义之大纲领也。其好义者，时时刻刻须要怀在心里。目所见，耳所闻，在在皆义，又在在皆德，但恐人不肯去行。若肯去行，莫说是耳闻目见，即使耳无所闻，目无所见，还想去寻那义来行。他如置田以恩及宗枝，立冢以泽流泉壤⑩，育婴以怀保赤子⑪，开学以训迪愚蒙⑫，决计济困扶危，用广好施乐善，虽是积德之事，而实是仗义之举。昔人有言：慈不掌兵，义不掌财。若是好义之人，日行月积，渐渐把囊橐倾尽，便市得一个义字回来⑬，终无他悔。其非唱人所不能唱之义，施人所不能施之仁乎？然赀财虽尽，未必不在冥冥中暗暗补偿你几倍。即或自己不能享用，久后子孙必获其福。你成人功名，异日人亦成你功名；你全人昏姻，异日人亦全你昏姻；你济人贫穷，异日人亦济你贫穷；你扶人危急，异日人亦扶你危急。一往一来，毫发不爽，其好义之报如此。噫！谁谓天道无知乎？

① 服：实行，实施。
② 唱：通"倡"，倡导。此指倡导善举。
③ 惠：此指小恩小惠。
④ 慕驰：因仰慕而奔赴前来。

⑤ 焚券：焚毁债券，即免去他人的债务。历史上焚券的善举时有发生。如战国齐冯谖替孟尝君往薛地收债，矫命以债赐百姓，尽烧债券，百姓欢呼。

⑥ 助麦：据宋僧惠洪《冷斋夜话》卷十载，宋代范仲淹曾派年少的儿子尧夫去家乡苏州运五百斛麦子。回来时船泊丹阳，遇见好友石曼卿，问起近况，曼卿一脸苦楚，说有三位亲人停棺异乡，无力归葬。尧夫听罢就把麦子连船送给了曼卿，自己独自骑马归。到家后，范仲淹问："东吴见故旧乎?"曰："曼卿为三丧未举，留滞丹阳。时无郭元振，莫可告者。"仲淹曰："何不以麦舟付之?"尧夫曰："已付之矣。"后因以"麦舟"为赙赠助葬之典。此处"助麦"即"助麦舟"，为求对偶，故略去"舟"字。

⑦ "闻高"句：闻高，闻高义之名。布衣之交，指有权势有地位的人和无官无职的平民的交往。布衣，平民服装，借指平民。《东周列国志》卷九十八回："寡人闻君高义，愿与君为布衣之交。"

⑧ 陈种：即"陈义以种之"。此处意为做义事。典出《礼记·礼运第九》："故人情者，圣王之田也，修礼以耕之，陈义以种之。"

⑨ 悌(tì)：弟弟敬爱兄长。

⑩ 立冢(zhǒng)：建造义冢，以掩埋死在外面的穷人或无主枯骨。冢，坟墓。 泽：恩惠。 泉壤：指地下死去的人。

⑪ 育婴：此指设立育婴堂收养被遗弃的婴儿。 赤子：初生的婴儿。

⑫ 开学：开设学校。 训迪：教诲开导。

⑬ 市：购买。

立 志

君子之立志也，不以势荣，不以时易①，不以名辱，不以利污。温温如玉，君子之器已成；清清若冰，贤者之风陡起。积德犹积金，怀仁胜怀宝。虽入穷途而不悲，即临大事而不俗。此君子立志之大要也。

① 易：改变。

　　大凡为人作事，必须志气。若志气高强，则所作之事亦是出类拔萃；如志气低微，则所作之事不无随时从俗。那能干绝等事业的人，定怀绝等的志气。是谓有志者事竟成也。即此数章，当为有志者道，勿与无志者言。窃恐有志者以为利病而莫不乐闻，无志者不觉逆耳以反多恶听也。

　　为士之学，必先正诚。勉成十章，以广其要。时值炎夏理琴之馀，纳凉于高梧修竹间，信笔疾书，漫无伦序。窃谓其身不可不润，其品不可不端，其行不可不洁，其心不可不明，其德不可不怀，其功不可不积，其言不可不重，其名不可不香，其义不可不行，其志不可不蓄。凡此皆出于正心，起于诚意。正诚自守，大道渐通，庶不失为士之道也。

　　　　戊辰夏六月庚午守真子识

出　　仕

　　学优则仕，元非不学者之所能为也。夫古之名贤，有鸣琴而成佳政①，有悬鱼而起廉名②，有坐啸而伸雅化③，有歌诗而挽颓风。饮贪泉而不污其志④，辱蒲鞭而不改其仁⑤。无愧乎望重四知⑥，名香三异⑦。他日借寇攀辕⑧，势所必然。其非优于学者，何可得邪？至如庸碌之流，一官奇货⑨，满口胡柴⑩，假刑罚以市威，藉赃私以饱囊，既无体国公忠，焉有爱民实政？正所以不学之故也。独君子不然。宁甘忍饥，非义之财莫取；自能安位，夤缘之路勿求⑪。高士清风，不受折腰之辱⑫；丈夫雄气，犹存脱帻之刚⑬。此亦由学之优而来者。呜呼，其可不学而仕哉！

①"鸣琴"句：谓弹弹琴就把地方治理好。典出《吕氏春秋·察贤》："宓子贱治单父，弹鸣琴，身不下堂而单父治。"旧指以礼乐教化百姓，达到政简刑清的统治效果。

②"悬鱼"句：典出《后汉书·羊续传》："府丞尝献其生鱼，续受而悬于庭；丞后又进之，续乃出前所悬者以杜其意。"后因以悬鱼比喻为官清廉。

③坐啸：据张璠《汉记》，南阳太守成瑨任岑晊（字公孝）为功曹，当时流传着歌谣："南阳太守岑公孝，弘农成瑨但坐啸。"意即放手让下属去处理衙门事务，而自己则潇洒自在，达到无为而治。啸，撮口发出长而清脆的声音；吹口哨。

④"饮贪泉"句：晋代吴隐之任广州太守，在广州城外有一泉名为"贪泉"。当地传说饮此泉便会变得贪婪。他不信，照饮不误，饮后还赋诗道："古人云此水，一歃怀千金。试使夷齐饮，终当不易心。"他在任期间，果然廉洁自律，不失操守。

⑤"辱蒲鞭"句：典出《后汉书·刘宽传》："吏人有过，但用蒲鞭罚之，示辱而已，终不加苦。"蒲鞭，蒲草做的鞭子，很软，不会伤人。

⑥四知：《后汉书·杨震传》："道经昌邑，故所举荆州茂才王密为昌邑令，谒见。至夜，怀金十斤以遗震，震曰：'故人知君，君不知故人，何也？'密曰：'暮夜无知。'震曰：'天知，神知，我知，子知，何谓无知？'密愧而出。"

⑦三异：《东观汉记》："鲁恭为中牟令，时郡国螟伤稼，犬牙缘界，不入中牟。河南尹袁安闻之，疑其不实，使仁恕掾肥亲往察之。恭随行阡陌，俱坐桑下。有雉（野鸡）过止其傍，傍有童儿，亲曰：'何不捕之？'儿

言雉方将雏(谓孵育幼雉)。亲曰:'所以来者,欲察君之治迹耳。今虫不犯境,此一异也;化及鸟兽,此二异也;竖子有仁心,此三异也。'"

⑧ 借寇:《后汉书·寇恂传》载:恂曾任颍川太守,政绩卓著,后离任。建武七年,光武帝南征隗嚣,恂从行至颍川,百姓遮道谓光武曰:"愿从陛下复借寇君一年。"后因以"借寇"用作地方上挽留官吏的典故。攀辕:抓住车辕不让走,即挽留之意。

⑨ 奇货:以为奇货可居。

⑩ 胡柴:胡说,胡扯。

⑪ 夤(yín)缘:攀附。指攀附权贵。

⑫ "高士"二句:《晋书·陶潜传》载:陶渊明曾做彭泽县令,州郡派督邮到县里来巡视,县吏劝陶束带迎见,他说:"吾不能为五斗米折腰!拳拳事乡里小人邪!"

⑬ 脱帻(zé)之刚:《南史·檀道济传》:"道济见收(被捕),愤怒气盛,目光如炬,俄尔间引饮一斛,乃脱帻投地曰:'乃坏汝万里长城!'"帻,包头的头巾。

守　洁

居官之道,首重操守。若操守不足,欲其体国爱民,省刑薄敛,何可得哉?所以贪字元与酷字相为表里。贪者必酷,酷者必贪。以曲作直,非枉即纵。那知民受其殃,只顾自得其志。窃谓为属吏者自有公正。上司不时稽察,一有见闻,立挂弹章①,追赃定罪。元因产虑②,而反致身命不保。为上司者自应正己率属③,实心实政,仰报圣主特寄封疆之重,何耻小利,致伤大节?而且官有崇卑,罪同一辙。当此之时,不维深负君恩,甚至大亏品行。反而思之,其可不憬然醒悟哉④!《大学》曰:"不仁者,以身发财。"《论语》曰:"小人喻于利。"《礼记》曰:"临财毋苟得。"盖钱财虽能养命,亦可杀身,本是身外之物,而又与身颇有关系,亲者愈亲,疏者愈疏,其故因何? 小人贪利忘害,是以亲爱;君子趋吉避凶,宜乎疏远也。凡为官者,受国殊恩,居有官廨⑤,出有舆从⑥,衣有锦绣,食有鸡豚,亦可以知足矣,何苦定要去求那昧心之财,以计肥家? 料亦不过顾及子孙耳。殊不知子孙贤,虽赤手亦可成家立业;子孙不肖,即亿万黄金,挥霍易尽,尚恐取之非义,未必仅止荡产而已也。若此,其欲为子孙利邪? 欲为子孙害邪? 利浅害深,又岂顾及子孙之良策邪? 不如决意去做清官,日后还落一个清白吏子孙之名,有何不美? 噫,可知不贪真是宝也!

① 弹章:弹劾官吏的章疏。

② 元:原来。

③ 率属:在下属面前做出榜样。率,表率,榜样。这里用作动词。

④ 憬(jǐng)然:觉悟貌。

⑤ 官廨(xiè):官署,即官员办公的场所。

⑥ 舆从:车轿和随从。

守　诚

为政之道,维在一诚。至诚临民,则民亦莫不知感悔而迁善者也。夫刑罚以儆凶顽,非教养之具,慎勿妄加,徒伤残刻之心,究竟于民情无补。所以古人片言折狱①,莫不叹服,不过以诚心相感,未尝以刑罚相济也。毋效暴戾之徒,每当听断,一言不合,辄行掌嘴,更不如意,则痛朴叠夹②,五刑并施③,虽残忍至极,而终不得实情。岂知罹罪重轻,国法具在,与吾无甚私仇,何苦又加此分外无辜之刑? 虽下民易虐,独不思上天难欺乎? 如或本乏长才,不能决断,宁可宽释,勿轻入罪。《论语》曰："刑罚不中④，则民无所措手足。"《书》曰："与其杀无辜，宁失不经。"⑤毋致任性草率而夸己能，务须平心和气，以诚感动，何难直吐真言，案亦得早完结。总之，立法虽严，居心维谨，专守一诚，能胜百善。为政既实，临民必爱，然亦定须无欲，非孜孜好利者所能为也。于是首先守洁，而后诚其心以化导之，自然物阜民安⑥，风移俗易而成大治矣。若操守不洁，则为政岂诚？为政不诚，不特无益民生，亦且有妨吏治。所以居官不得不洁，为政不可不诚。洁己诚心，可以居官为政，上报天子，下慰黎民，乃是君子出仕之本旨也。当知廉吏清风，愈吹愈爱；贪官威势，且忍且残。苟能无欲，则刑自省；如不失真，则爱可必矣。

①　片言折狱：用一两句话就能判决讼案，解决纠纷。形容善于断案。语出《论语·颜渊》："片言可以折狱，其由(子路)也与？"

②　痛朴叠夹：痛打和用夹棍夹。朴，通"扑"，打。夹，古代酷刑，用夹棍夹手指或腿。

③　五刑：古代五种刑法，即笞、杖、徒、流、死。

④　不中(zhòng)：不得当。

⑤　不经：不合常规。

⑥　物阜：物品丰富。阜，盛。

看山阁闲笔卷二

人　品　部

古君子履薄临深①，兢兢业业，而不敢稍为放纵者，盖因一言一行，俱关乎人品之得失。是故必先正心诚意，而后立身成名，庶几超入上乘，勿致溺于下流。若儒者，尤当究心焉。

① 履薄临深：即如履薄冰，如临深渊。比喻处境艰危，时时警诫自己要特别小心谨慎。

忠　言

逆耳之言，能医痼疾。偶起一念，不忍相弃，而录之成帙，将以自诫。崇礼君子倘勿诮为迂谈，幸矣。

凡人要作绝等人，必读绝等书，必行绝等路，必交绝等友，必干绝等事，亦必怀绝等之才情，立绝等之品行，抱绝等之志气，擅绝等之名声，然后可以为绝等人矣。

不明之事切勿行，不根之言切勿听，不平之念切勿起，不义之人切勿交。

一个钱字，实实是世人之大患。有等知是大患，而决意屏弃之，便可保全自己一生的名节；有等虽知是大患，而贪得无厌，遂至杀身败行。反躬思之，是何谓也？

昔人云："无欲则刚。"大凡有碍手碍脚行不去的事，悉由心有所欲也。

存心不可有欲。如心有欲，为民则失业，为官则荒政。且有利必有害，何苦不顾害而只图利，其愚一至此哉！

君子重道，小人嗜利。何谓不做君子，偏要去学小人，志何卑邪！

富有之家，日计盘算，不维广贮钱财，亦且囤积米谷。每当青黄不接之时，坐视贫民艰苦乏食，虽经当道再三苦劝出粜①，而犹支饰不允，其意不过俟价高昂，多卖钱耳。噫，如此存心，能自安乎！而天理又岂能容乎！

夫子曰："富贵在天。"何必用这些苦心去打算？有钱落得享用。虽不可过于奢侈靡费，然眼见那困苦艰危之事，何不一为援手，解囊相济，做个仗义君子？后日子孙未必不因前人积有阴功，而报之以富贵绵远耳。

创业难，守成更难。不是教你把前人积下家赀倾费殆尽，亦不教你刻薄盘算，以冀富饶；只教你量才量力，凭着天理良心去做人家。何羡有万贯赀财，所虑无一个德字。若德字无亏，胜于堆金积宝，不特自己享用不尽，还要流传子孙，绵远芬芳。须知守钱不如守德，宁可把家赀倾尽，吾独认得这一个德字，稳稳拿住，难道不算守成么？但此节议论，凡人莫不谓迂，然迂中正有不迂之处，乌得而知也。

世俗为无官不贵②。呜呼，若为官清正自负，刚直不屈，既廉且洁，能慎而勤，临民则仁爱相兼，为政则宽严并济，德泽周于人间，功业布于天下，庶不愧乎贵也。如彼苟获名位，辄计私囊，鄙陋龌龊，又何取焉？

富贵功名可以不如人，而气节品行不可以不如人。颠狂行状可以不如我,而安性闲情不可以不如我。身不可轻,而名不可重;财不可重,而义不可轻。囊可空,而腹不可空;室可陋,而人不可陋。山不可无,竹不可少。诗不可不吟,独不厌狂;酒不可不饮,但不及乱。志不可满,而心不可不虚;见不可偏,而言不可不慎。常思己过,勿念人非。失便宜正是得便宜,让地步正是占地步,目前虽觉吃亏,久后无穷受益。噫,为善最乐,吾胡不为?

大凡读圣贤书本,就要瞌睡,若看淫艳小说,津津有味③,寝食皆忘,诚所谓"未见好德如好色者也"④。然不读圣贤书,安知圣贤学?居心行事又岂能直到圣贤地步邪?

人生世上,那一件是真的?然不可因其不真,而吾亦不真。总之,吾自守真,不必论其他之不真也。

人生世上,那一件不是假的?然不可因其假,而吾亦假。总之,吾自不假,不必论其他之假也。

目前之事,你道那一件就是是的?然不可因其不是,而吾亦不是。总之,吾自如是,不必论其他之不是也。

目前之事,你道那一件就是非的?然不可因其非,而吾亦非。总之,吾自屏去其非,不必论其他之非也。

世上之真假是非,件件有真,又件件无真,件件有假,又件件无假,日日有是,又日日无是,日日有非,又日日无非。或真或假,或是或非,悉皆由心而发。于是必先正其心,诚其意。心正意诚,则所作所为有真无假,有是无非矣。

欲为君子,必先屏弃利欲,亲近道义,有恬澹之心,无骄傲之气。若利欲不能屏弃,道义不能亲近,无恬淡之心,有骄傲之气,到底是个小人,安得入吾君子之林哉?

读书须读得多,然亦不在读得多。但须读这一句,便要想这一句。古人如何立意,如何用笔,如何顿挫,如何开合,勿得胡乱唱过。如遇有疑难不解之字,必须查考,勿使吞作喉声,碌碌混过,空费古人之心思,而吾亦自伤学业也。

读书须明理,识经济⑤。如不能明理,不知经济,所谓食古不能化,徒讨一腔书腐之气,乃为终身废物也。

为人全在老实。如不通文理,勿得假作聪明,对客故将书本翻阅,颠头喝采,意欲欺人。殊不知识者暗暗鄙贱在胸,不自知也。

学业务在时时定心参讲,深渊妙理,豁然贯通。若不参不讲,虽苦读万卷,终无益也。

如定心参讲,一针透处,落花流水,皆入幽源妙境矣。

学之一道,未学古人之文辞音采,先学古人之气节品行。盖气节品行既高,则文辞音采自正矣。

文义二字,非仅学其行文之妙,当先学其立义之高也。

文字切忌以富贵功名夸张家势。一有此病,不独污秽人目,亦且自形其人品之卑鄙矣。

正诚不失,学自有成;恬静无为,道在必得。

尝见读书人作事,非执拗即乖张,或庸愚无德,或暴戾不仁,竟为学业所误。其故在于心意不正不诚,致反如是。噫,乌足称为读书人也?

读书人所最重的是忠君、孝亲二事,如胸怀无此二事,即不算读书人矣。

熟读了十三经⑥,搬烂了念一史⑦,难道还不知忠君、孝亲二事么?然竟有不知者,岂不可惜!

以臣事君,忠则尽命,岂是一死了事?必须维慎维谨,至敬至诚,奉职无私,直言敢谏,所谓鞠躬尽瘁,但知报国,不知保身是也。

人生世上，大不过忠、孝二事。若二事有亏，乌得为人邪？

儒者把忠、孝二事更要认真，如不认真，胡为乎谓之儒者哉？

天下无不是的父母，总之，为人子者，不可不得父母之欢心。父母一日欢，则吾一日安；父母一刻欢，则吾一刻安；若父母不欢，则吾亦不安矣。

如得父母之欢心者，则吾为人必妥，作事必正矣。如不得父母之欢心者，则吾为人必有不妥之处，作事必有不正之时，反躬自思，何以补过，方得父母欢心，庶不失为子之道也。

俗语云：势利起于家庭。常有父母偏爱在那一个能于专习学业、早为禄事之子，其不能专习学业、早为禄事者，未免觉有厚薄之分。殊不思自己不肯学好成人，去讨父母的欢心，反憎偏爱，不孝甚矣！

父母偏爱，则兄弟遂成不睦，并不想到自己缘何使其偏爱，而吾致于失爱。必欲穷其情理，效而为之，以固父母之心，何患其有偏爱邪？若愚昧之见，必致兄弟不睦，既增父母之怒，更遗父母之忧，则终身为不孝不悌之人矣。

易得者是钱财，难得者是兄弟。切不可因分产致争，以伤和气。譬如前人无所积蓄，却又如何？即使欺心多得，亦必不能久远享用。甚有鸣官讦害⑧，中饱讼师胥吏之腹⑨，及到完事，彼此一空，徒伤手足至谊，使人笑话不止也。

为兄当爱，为弟当敬。如兄不爱，则弟不敬矣。然兄即不爱，而弟亦不可不敬也。

兄弟不和，往往起于妯娌⑩。若妯娌和，则兄弟自和矣。

兄弟为手足，以敬爱为心，则成手足；以利欲为事，则不成手足矣。

兄弟忿争①，家庭最不祥之事。然其忿争大都因财起见，乃把财字认得重，友字认得轻。若把财字认得轻，友字认得重，则无忿争之事，自然一团和气，家庭亦渐渐致祥矣。

孝于亲者，必能友于兄弟。如不孝于亲，又岂能友于兄弟者邪？

弟兄和气，则百事和顺；弟兄不和气，则百事不和顺矣。所以弟兄必要和气。

兄弟之情既和，朋友之处必信。若不和于兄弟，未能取信于朋友也。

朋友者，亦是一伦。所以昔贤择人而友之，既为吾友，则终身无改，勿随世俗反复不定也。

人之相知，贵相知心。所以知心之友，诚为好友，固难得也。然吾欲求人知心，则似觉颇难。人或处吾知心，则未尝不易。盖交人吾须必握其信，宁使友吾者信与不信存乎其人耳。

① 出粜(tiào)：卖出粮食。

② 为：通"谓"，说。

③ 津津：原作"晶晶"，据文意改。

④ "未见"句：没见过喜爱道德像喜爱美色一样的人。语出《论语·子罕第九》："子曰：'吾未见好德如好色者也。'"

⑤ 经济：经国济民。

⑥ 十三经：儒家的十三部经典，包括《周易》、《尚书》、《诗经》、《周礼》、《仪礼》、《礼记》、《左传》、《春秋公羊传》、《春秋榖梁传》、《论语》、《孝经》、《尔雅》、《孟子》。

⑦ 念一史：廿一史，即二十一史，包括《史记》、《汉书》、《后汉书》、《三国志》、《晋书》、《宋书》、《南齐书》、《梁书》、《陈书》、《魏书》、《北齐

书》、《周书》、《南史》、《北史》、《隋书》、《新唐书》、《新五代史》、《宋史》、《辽史》、《金史》、《元史》等二十一部纪传体史书。念，同"廿"。

⑧ 讦(jié)害：告发陷害。讦，揭发他人的隐私。

⑨ 讼师：帮人办理诉讼事务的人，即以替人打官司、出主意、写状纸等为职业的人。　胥吏：古代官府中的小吏。

⑩ 妯(zhóu)娌：兄弟的妻子合称妯娌。

⑪ 忿(fèn)争：愤恨争执。忿，愤怒，怨恨。

益　语

人生难得，既不可作无益之事，亦何可为无益之语邪？然守礼君子如能谛听，吾亦何惜一片苦心，直言相劝。窃恐终同嚼蜡，则是篇虽有益而实如无益也。

作事务要度德量力，出言必须合情顺理。如作事不度德量力，则事多悖；出言不合情顺理，则言必败。可不慎之！

凡事作退一步思，进一步想，方为与己有益，与人无损。

凡事须要看去甚难，做时甚易；不可看去便易，做时便难也。

凡事须要识得透，看得破，然后为之，不愁其有难境矣。

读正经书，走正经路，交正经友，干正经事，作正经想，发正经言，何愁不成正经人邪？

谦受益，满招损。常见谦恭之人无不受益，满志之辈无不招损。如位尊而谦恭，正多福泽；位尊而满志，立见其有刑险矣①。古人之言，信其然欤。

万事必须自己留一立脚地步，久后不觉受益无穷。

万事必须使别人有一宽馀地步，才显得成人之善。

万事必须存一仁厚心肠,久后自己不觉便宜多少。

万事必须劝别人存一仁厚心肠,切不可从人之恶。

天下美事第一在论道谈经。

天下丑事第一在堆金积玉。

天下善事第一在济困扶危。

天下恶事第一在穷奢极欲。

凡事必须自己作一立脚地步,不可被别人尽行僭去②。

凡事必须让别人一立脚地步,不可把我尽行僭来。

为人要知足。说是我不如人,当思尚有不如我者。所谓别人乘马我骑驴,后头还有推车汉是也。

为人要安分,切不可胡思乱想,妄作匪为,徒把心地坏了,究竟与自己仍然无补。

君子固穷。虽到那食不糊口、衣不遮身的地步,而吾气节品行崚嶒屹立③,不可改也。

君子爱道,小人嗜利。然爱道者少,嗜利者多。胡谓甘作小人而不愿为君子邪④?

箪食瓢饮⑤,士之常情,毋致气颓志挫,辄作穷途之哭⑥,丑陋甚矣。

士当困穷不得志之时,自能益砺其节,不改其乐。尝自惜有用之才,从不作无炊之叹,道自得矣,名亦成矣。

读书万卷,那怕不成大儒。然欲为大儒,必先正君臣父子之大义,庶不负读书万卷也。

读书人如情性偏执,不通世务,反不若不读书人见识高强,能知时事矣。

一切不根之言毋得妄发 。言者无意,听者有心。其谓唇舌,是非所关也。

一切非理之事，毋得妄干。事既不成，心由是坏。其谓方寸，祸福所系也。

一切不义之财，毋得妄取。徒自污行，安得肥家？所谓养命未必非杀身也。

一切非分之想，毋得妄起。心神既耗，阴骘又亏，所谓求福未必非招祸也。

得则须防失，满则须防覆，富则须防贫，荣则须防辱。

小事要作大事想，易事要作难事想，乐事要作苦事想，苦事要作乐事想。如此，可以永无刑险，则一生受用不尽矣。

未闻好德有如好色，嗜义有如嗜利，吾能勉而行之，其非人杰乎？

眼前并无善事，如不计较功夫，正心诚意去做，便是善事。

眼前并无恶事，如不顾惜廉耻，随时合俗去做，便是恶事。

眼前并无难事，如不谨守本分，镂心挖胆去做，便是难事。

眼前并无易事，如不贪恋身家，真心实力去做，便是易事。

读书以明理，弹琴以修身，栽梅以志幽，种竹以树德。盟鸿鹄以乐高闲，交云霞以安情性。不以产虑，不以名求。清风明月，渐入佳境之中；玉酒黄花⑦，偶寄闲情于此。

仁获寿，善乃乐。拙胜巧，谦受益。

居富贵而无骄色，处困苦而无忧色，临大事而无难色，当大患而无惧色，均不易得也。

心为身之主宰，须把仁、义、礼、智四字安放在心，时时刻刻讲得精熟，看得明白，信得亲切。如恻隐，仁也，否则残忍，不仁；羞恶，义也，否则无耻，不义；辞让，礼也，否则攘夺，不礼；是非，智也，否则错乱，不智。是失主宰矣。

务须信得过自己的心，拿得住自己的性，决意要赶到那正经路上做个好人,立个美品,也不负天地生成之德,父母养育之恩。若自己信不过自己的心,自己拿不住自己的性,闲闲混混,总是不成好人也。

读尽圣贤书,若不去穷究圣贤的理,揣摹圣贤的心,总是瞎撞。

看得自己的一身贵重,不致稍有失误,而后去读圣贤书,自然渐渐精进。

安得自己的一心端正,不致稍有邪思,而后去读圣贤书,自然头头是道。

胸怀空洞,志气激昂,定非池中物也⑧。

居心仁恕,立志清高,定入君子林也。

学者形状如摇头摆膝,咬文嚼字,真是儒林中废物也。

宁可有傲气,不可有骄气;宁可有腐气,不可有俗气;宁可有呆气,不可有暴气;宁可有贫士之气,不可有富家之气。

宁可食酸,不堪闻臭。是以菜根情长,而铜钱缘浅也。

① 刑险:刑罚灾难。

② 僭:占。参见卷一《人品部·居乡·立言》篇注。

③ 崚嶒(líng céng):高峻貌。

④ 胡谓:为何。谓通“为”。

⑤ 箪(dān)食瓢饮:谓生活清贫。参见卷一《人品部·居乡》注。

⑥ 穷途之哭:喻指对未来悲观绝望,哀伤之极。穷途,路的尽头。典出《晋书·阮籍传》:“(籍)时率意独驾,不由径路,车迹所穷,辄痛哭而返。”

⑦ 黄花:菊花。

⑧ 池中物:比喻庸碌无为的人。《三国志·吴志·周瑜传》:“刘备以枭雄之姿,而有关羽、张飞熊虎之将,必非久屈为人用者。……恐蛟

龙得云雨,终非池中物也。"

太上九转丹①,余安心头已有年矣,苦未成,何以济世人疾病?因自责,益为勉进,望其有成,勿使堕焉。

凡此,非吾道者莫不诮为迂谈,然吾维自守吾迂,不求人效吾之迂,亦不杜人不效吾之迂也。

守真子识

① 九转丹:道教谓经过九次提炼、服之能成仙的丹药。

看山阁闲笔卷三

文　学　部

　　余素性嗜笔墨，好山水。居乡时，尝泛舟九峰三泖间[①]，探幽寻胜，寄闲情于笔底，求骚雅于简端，几有痴癖。而服官后，理馀无事。论文花下，每欲穷二酉之胸襟[②]；作赋楼中，常虑乏五经之鼓吹[③]。或歌诗以陶性情，或学书以正心笔。或写山以乐高闲，或画菜以志澹泊。寒暑虽更，而幽情则一；风月常满，而佳兴犹同。其亦性之所近，情之所移而然欤？无怪其乐此不为疲也。

　　① 九峰三泖(mǎo)：位于上海松江境内。九峰指佘山、天马山、横山、小昆山、凤凰山、厍公山、辰山、薛山和机山等九座山峰；三泖指松江、青浦、金山至浙江平湖间相连的湖荡，分上泖、中泖、下泖。
　　② 二酉：原指今湖南沅陵县西北的大酉、小酉二座山。据《太平御览》卷四十九引《荆州记》："小酉山上石穴中有书千卷，相传秦人于此而学，因留之。"后称丰富的藏书为"二酉"。
　　③ 五经之鼓吹：为五经作宣扬。五经，儒家的五部经典，即《周易》、《尚书》、《诗经》、《礼记》、《春秋》。鼓吹，宣传，宣扬。典出《世说新语》："孙兴公云：'《三都》、《二京》，五经鼓吹。'"

文　章

　　文章一道，难矣哉！有一时，亦有千古。其涂脂抹粉,争妍斗丽,极一时之盛者,则易;去俗远嚣,守贞劲节,成千古之名者,则难。夫涂脂抹粉,争妍斗丽,最易娱人之目,虽不能千古,而堪一时;去俗远嚣,守贞劲节,极难知我之心,既不得一时,而可千古。所以谓有一时,亦有千古也。噫,其不难乎?

审　字

下笔须审字,所贵乎苍古秀劲,独忌其浮华柔弱。宜取古法,不类时习,如云间白鹤,高鸣一声,悠然不俗也。所以须审字。

触　景

作文往往先立大意,然后下笔,将一副锦心绣肠早已束缚住矣,宁有鼓瑟湘灵①、幽微杳渺之思邪?余谓触景,随其意之所至,下笔千言,不假思索,庶得风云翱翔、龙蛇变幻之势。唐之李白②,宋之苏轼③,其能超凡入圣,岂先立意而后成文者邪?

① 鼓瑟湘灵:典出《楚辞·远游》:"使湘灵鼓瑟兮,令海若舞冯夷。"湘灵,湘水之神,一说为舜妃,即湘夫人。鼓瑟,弹瑟。瑟是古代一种弦乐器。

② 李白:字太白,号青莲居士,唐代诗人,有"诗仙"之称。祖籍陇西成纪(今甘肃静宁县)。天宝初入长安,任翰林院供奉。后遭谗离京,浪迹江湖,纵情诗酒。坐永王李璘之乱,被流放夜郎,途中遇赦还。晚年依族叔当涂县令李阳冰,不久卒。有《李太白集》。

③ 苏轼:字子瞻,眉州(今四川眉州)人。北宋文学家、书画家,唐

宋八大家之一,为一代文豪。嘉祐二年进士。神宗时王安石实行新法,
轼上书论其不便,自请出外,通判杭州,徙湖州。遭谗贬黄州,筑室东坡,
遂自号东坡居士。哲宗时召还,累官至礼部尚书。绍圣中又贬谪惠州、
琼州,赦还,次年卒于常州。有《东坡全集》《东坡乐府》等。

文 旨

文若无旨,犹花之无香,月之无光矣。其谓旨者,在含蓄
有馀不尽之间也。辞淡旨深,不失名手。

引 古

引用典雅,妙在无斧凿之痕,如美璧无瑕,明珠成串耳。

开 阖

开之有情,阖之有景①,忽开忽阖,有情有景。虽开而情不
断,既阖而景自生。情景无遗,开阖有旨。

① 阖(hé):关闭,合。

叙 事

叙事如理蚕丝,纤毫不乱,方为惯家。然须不露形迹,不
使堆砌,或见或隐①,若断若续,乃是高手。

① 见(xiàn):显露,出现。见为"现"的本字。

忌 熟

熟者,俗也。下笔太熟,则近俗也。总以古劲为最。若能

古劲,而俗自脱矣。所以忌于熟也。

首尾相应

起得有气,结得有力,气壮力强,所谓首尾相应,虽有数段开阖,犹若一气呵成,乃是绝妙手笔。

结　束

结束一言,乃包括全篇文字,必须老干,最忌薄弱。

如全篇文字起伏有神,呼应有力,开阖有情,顿挫有法,一起一伏,一呼一应,一开一阖,一顿一挫,宛若旗鼓之势,纤毫不漏,而结束又如鸣金罢战、勒马收缰之际大喝一声,有若万钧之力,庶不出乎神机而入乎妙算矣,始可称为全美。

未学文章,先正人品。盖文章名世,悉由人品而推重。所以立意必求苍古,用笔不失端方。至其文情生转、藻思横流之处,不啻风云发而水泉涌,犹若神龙高跃,顷刻千里,变化莫测,或作彩雾奇峰,或为鲜花美女,此又是其既真且幻、出尘入化之作,无关乎人品之端与否也。维是近代辄好翻案。窃谓文章家偶一为之,陡觉生动不俗,若所尚于此,久后必致有亏心地。心地既亏,人品已失,其文亦乌足传世行远而堪推重者哉?

戊辰夏五月二日蕉窗居士识

诗　赋

诗有别肠,非关学也[①]。则知其自有根源,岂必学而成哉？否则虽学，犹不可得也。其谓别肠者，胡取乎真？
胡取乎直？亦胡取乎浮华？胡取乎质朴？独取其森秀之
骨、澹远之气，极高、极旷、极润、极活，悉皆吞吐于灵心妙
舌间，宽然有馀，浩然无际，千态万状，超群绝伦，庶可谓
之工诗矣。则亦有别肠也。

赋者，古法取苍秀淳朴，疏散自蹈，万言不休，如古诗
法。今尚香婉清新，四六对照②，一针不漏，若律诗然。沛
乎其才情之有馀，尝溢而不竭，乃拈笔为之，自有宫商一
片，珠玉满行之妙境也。

①"诗有"二句：意谓作诗要具备另外一副心肠，与学问没有必然
联系。源出宋代严羽《沧浪诗话》："夫诗有别才，非关书也；诗有别趣，非
关理也。然非多读书、多穷理，则不能极其至。"

②"四六"句：指骈文的四字句、六字句上下分别相对偶。

炼　意

古人作诗，必先炼意。今人作诗，但知炼字，虽有可观，亦
属浮华粉饰，在于肤廓之间①，而无深情密意，得风人之致②，
乌足道也。

①肤廓：文辞空泛肤浅。

②风人：古代设有采诗官，采集各地民间诗歌以观风俗，谓所采诗
为风，采诗者为风人。后世也称诗人为风人。

得性情

诗言性情，古人言之详矣，毋庸多赘。然必须以吾之性情，

写吾之诗。勿以他人得意之境,吐吾不得意之词,亦勿以他人不得意之词,入吾得意之境。各得其情,各得其性,智者自智,愚者自愚,清者自清,浊者自浊,切勿使其混淆,庶可得其性情矣。

借　境

山林鱼鸟,花月琴尊①,均可借境以吐吾性情。当知王维诗中有画,画中有诗,盖因人在山林鱼鸟、花月琴尊间,情生于景,景生于情。情既生景,而景宛然若画;景生于情,而情触处皆是好诗。以故诗从画出,画入诗中,入情入景,借境成诗。其谓醉翁之意不在酒,良有以也②。

① 尊:同"樽",古代盛酒器。这里指酒杯。
② "良有"句:确实是有原因的。良,的确。有以,有原因。

含　蓄

古诗贵苍劲,律诗贵工稳,绝句贵自然,总不失情出性中,意在言外。情可移而性不易,言有尽而意无穷,欲吞欲吐,不即不离,既在包藏,尤在含蓄也。所谓行至水穷山尽处,依然鸡犬有人家是也。

脱　俗

句难于古,志贵乎幽。屏去繁华之习,自求清冷之思,下笔自然不俗。近代辄以功名富贵夸耀于诗文,为识者所鄙,犹东村捧心①,徒憎西子矉鼻耳。

① 东村捧心:古代越国美女西施因患心病,捧心皱眉。东邻丑女

以为美，也捧心效颦，结果更丑。事见《庄子·天运》。

不厌狂

诗人多狂，盖其心胸自有一种空洞无涯之境，下笔如乘风云而洒珠玉，刿目鉥心①，超凡入圣，未必不由狂而得也。若拘迂守拙，毫无生动之致，其言安得惊人？所以谓诗不厌狂也。

① 刿（guì）目鉥（shù）心：触目惊心。刿，割，刺伤；鉥，刺。

忌油滑

作诗最忌油腔滑调。一有此病，则不可医。学者慎之。

读古诗

熟读唐诗千百首，下笔可扫尽尘腐之气，而调自得，而幽自生矣。

起 结

作诗如造宝塔，一层高一层，气必须长，力必须勇。起句得气挟风霜，结句能力扛龙鼎。中联虽极平淡，终不出惯家之手。若起句气厚而结句力薄，则情趣索然，便不耐看。或起句气壮，而结句力衰，则首尾不应，亦属无旨。若起句气既短，而结句力又微，则不足与语诗也。且诗能决人荣枯得失。如浩然诗云①："不才明主弃，多病故人疏。"②无疑山林中人矣。吕岩诗云③："引余回首话归路，笑指白云天际头。"④无疑神仙中人矣。其为诗谶⑤，信非然欤？所以谓气必须长，力必须勇，不但诗有可观，而人亦关乎荣枯得失也。

　　① 浩然：唐代诗人孟浩然。襄州襄阳（今湖北襄阳）人。应进士落第，一生未曾为官。擅写山水田园诗，与王维并称"王孟"。

　　② 见孟浩然《岁暮归南山》诗。

　　③ 吕岩：即吕洞宾，名岩，字洞宾，号纯阳子。相传为唐末五代人，我国民间神话故事中八仙之一。

　　④ "引余"二句：见吕岩《赠罗浮道士》诗。《全唐诗》此二句作："饮馀回首话归路，遥指白云天际头。"

　　⑤ 诗谶(chèn)：诗中预示了将来会发生什么的征兆，起到预言作用，称为诗谶。

别　气

　　气之宜别者，富贵无台阁气①，贫贱无寒酸气，闺房无脂粉气，僧道无仙佛气。至若富贵有山林之气，贫贱有豪华气，闺房有须眉气，僧道有书卷气，尤为难也。

　　① 台阁：汉代时指尚书台。后泛指上层官僚机构。

有　旨

　　工诗者，必求其旨。宜清而新，宜秀而劲，宜澹而长，宜幽而韵。不宜太丽，恐涉于淫；不宜太寒，恐类乎弱；不宜太泛，恐染以俗；不宜太浮，恐抹其真；不宜太浅，无含蓄包藏之趣；不宜太直，无有馀不尽之思；更不宜好奇求异，既变且幻，致失风雅之旨，而蹈流俗之态。

重人品

　　诗言性情，又重在人品。人品高，则诗思亦高，性情亦远。宜先立人品也。

除陋习

气脉纤长,章句浑厚,诗人之大本领也。其慧之心虚澹高婉,幽微清远,笔笔见成[①],字字生活,声谐调古,其陋习为之一洗。

① 见(xiàn)成:现成。

诗有别肠

浅学者,既嫌其刻画;宏博者,又虑其堆砌。若使浅学之口,能吐情景之词;宏博之手,可出空松之句[①],即谓之仙才而非凡品矣。是为诗有别肠也。

① 空松:意即空灵。

师 古

凡作诗文,先就一家做起,冀其有成,然后龙翔凤跃,穷至理,人精微,头头是道,变化在我矣。然必须师古,庶得其法。

赋 体

诗有古今体,赋亦有古今体。今尚四六[①],古则长短句。然四六不过齐整平密,未免拘泥尺寸,不能倾倒心胸若长短句,渊渊浩浩,倾刻万言[②],直吐磊落不羁之概,如宋玉之《雄风赋》[③]、李白之《大鹏赋》是也。然左太冲作《三都赋》,十稔方成,洛阳为之纸贵[④],其构思之难,甚矣哉!盖欲传世行远者,又非一概而论也。

① 四六:即骈文。因以四字句、六字句为对偶,故名。

② 倾刻：顷刻。意为片刻，一会儿。倾通"顷"。

③ 宋玉：楚国鄢(今湖北宜城)人。战国著名辞赋家。或说为屈原弟子。曾任楚顷襄王大夫。

④ "然左太冲"三句：左思，字太冲，临淄(今山东淄博)人。西晋文学家。晋武帝时官秘书郎。貌丑口讷而博学能文。曾作《三都赋》(即《吴都赋》、《魏都赋》和《蜀都赋》)，十年始成，豪贵之家竞相传抄，洛阳为之纸贵。十稔，十年。稔，本意为谷物成熟。因古代谷物一般一年一熟，故"年"也写作"稔"。

变　体

苏东坡作《赤壁赋》，无不称为仙笔。其句之不齐、调之清奇，幽响殊异，自有一种灵气常勃勃欲出，不觉满目霏霏，皆是珠光玉屑。盖其才若涌泉，力如搏虎，不为尺寸所拘，致乘风云，入岛屿，顷刻得神龙变幻之乐。究其渊源妙旨，仍属不凡耳，无仙骨者，安得到此地步？

词　曲

宋尚以词，元尚以曲，春兰秋菊，各茂一时。其有所不同者，曲贵乎口头言语，化俗为雅；词难于景外生情，出人意表。字字清新，笔笔芳韵，方为绝妙好辞，其声谐法严处，不过取平仄二声。较曲而有平上去入，有开发收闭，有阴阳清浊，有呼吸吐茹，审五音之精微，协六律于调畅，务在穷工辨别，刻意探求，稍有错误，致不叶调。如玉茗之《牡丹亭》①，词虽灵化，而调甚不工，令歌者低眉蹙目，有碍于喉舌间也。盖曲之难，实有与词倍焉。因录数则，以博知音者一哂云尔②。

① 玉茗：即汤显祖，明代戏曲家，江西临川人。万历进士，曾官礼部主事、遂昌知县。著有传奇《紫钗记》、《还魂记》(即《牡丹亭》)、《南柯记》、《邯郸记》，合称"临川四梦"，尤以《牡丹亭》最为著名。晚年辞官归里，修建玉茗堂作为居所。这里以堂名代指主人。

② 哂(shěn)：微笑。

词　采

词虽诗馀，然贵乎香艳清幽，有若时花美女①，乃为神品，不在诗家苍劲古朴间而论其工拙也。

① 时花：应时当令而开的鲜花。

词　旨

字须婉丽，句欲幽芳。不宜直绝痛快，纯在吞吐包含。且婉且丽，又幽又芳。境清调绝，骨韵声光，一洗浮滞之气。其谓妙旨，得矣。

词　音

用字须活，用笔须松。活则亮，松则清。清如风，亮如月。其音节乌乌然，宛若在于风月光霁间也①。宁不出于能活能松之笔邪？

① 风月光霁：即光风霁月。见卷一《人品部·居乡·立身》篇注。

词　气

词之有气，如花之有香，勿厌其秾艳，最喜其清幽；既难其纤长，犹贵其纯细，风吹不断，雨润还凝。是气也，得之于造物,流之于文运,缭绕笔端,盘旋纸上,芳菲而无脂粉之俗,蕴藉而有麝兰之芳,出之于鲜花活卉,入之于绝响奇音也。

词　情

情生于景,景生于情,情景相生,自成声律。

词　调

曲调可犯[①],而词调不可犯。词就本旨,而曲可旁求。然曲可犯,而词不能创[②];词可创,而不可犯。则知词律不若曲律之严:细于毫发,密于针线,一字不稳,一音不圆,便歪歌者之口。今人岂若古人之巧,其虽有灵心慧性、妙笔幽思,而能自出机杼,创成新调之词者,已属罕得,更欲自立门户,创成新调之曲者,未之有也。

① 犯:戏曲用语,见下"犯调"篇。
② 词不能创:疑"词"字衍。

曲调宜高

阳春白雪,言其调之高,有不可及者也。然亦不过在审音辨字之间。如字有五音:为唇,为舌,为齿,为鼻,为喉,又为撮口,为满口,为开口,为闭口,为穿牙缩舌,为半满半撮是也。穷工极思,纤毫不爽,即平读去,亦即清响超越,又何让其阳春白雪之独高妙哉!

有情有景

心静力雄,意浅言深。景随情至,情由景生。吐人所不能吐之情,描人所不能描之景,华而不浮,丽而不淫,诚为化工之笔也。

词宜化俗

元人白描,纯是口头言语,化俗为雅。亦不宜过于高远,恐失词旨。又不可过于鄙陋,恐类乎俚下之谈也①。其所贵乎清真,有元人白描本色之妙也。

① 俚下:鄙俗低下。

赠 字

词无赠字①,而曲有赠字。如曲无赠字,则调不变,唱者亦无处生活。但不宜太多,使人棘口。

① 赠字:即衬字,戏曲用语。指曲文正字以外增加的字,常用来调节音调、句法,或作为形容词,使语气更加生动活泼。

犯 调

割此曲而合彼曲,采集一名命之,为犯调。知音者往往为之。然只宜犯本宫,若犯别宫,音调未免稍异。即犯本宫亦不甚安者,均宜斟酌。

曲有合情

落笔务在得情,择词必须合意。如宴饮、陈诉,道路、军马,酸凄、调笑,自有专曲用之,不得其宜,虽才情生色,亦不足取也。

南北宜别

南有南调,北有北音,不可混杂。如四声中上作去,去作上,入作去,上又作平,去上作平,更作入等类,借音叶调,元为北曲地步,南曲断乎不宜。若南曲仿此,则声不清圆,音无闪赚[①],其腔裹字字矫腔[②],肉多骨胜之处,又何从得而知也?所以南北宜别。北曲妙在雄劲悲激,南曲工于秀婉芳妍,不出词坛老手。

① 闪赚:忽隐忽现的变化。
② 腔裹:腔囊。裹,囊。

情不断

情不断者,尾声之别名也。又曰馀音,曰馀文,似文字之大结束也。须包括全套,有广大清明之气象,出其渊衷静旨[①],欲吞而又吐者,诚所谓言有尽而意无穷也。

① 渊衷:深沉的内心。

《琵琶》为南曲之宗,《西厢》乃北词之祖,调高辞美,各极其妙。虽《琵琶》之谐声协律,南曲未有过于此者,而行文布置之间,未尝尽善。学者维取其调畅音和,便于歌唱,较之《西厢》,则恐陈腐之气尚有未销,情景之思犹然不及。噫,所谓画工,非化工也。时乾隆丙寅秋七月二日,静夜新凉,书于活水轩之北牖[①],峰泖守真子。

① 牖(yǒu):窗户。

　　余自小性好填词,时穷音律。所编诸剧,未尝不取古法,亦未尝全取古法。每于审音炼字之间,出神入化,超尘脱俗,和混元自然之气,吐先天自然之声,浩浩荡荡,悠悠冥冥,直使高山巨源、苍松修竹皆成异响,而调亦觉自协,颇有空灵杳渺之思,幸无浮华鄙陋之习,毋失古法而不为古法所拘,欲求古法而不期古法自备。窃恐才思渐穷,情澜益涌,虽不能自出机杼,亦聊免窃人馀唾,不抹东村本色,何必效颦而反增其丑也。

　　　戊辰春三月之望,峰泖守真子重识

看山阁闲笔卷四

文　学　部

　　夫笔墨之事,皆文墨也。宇宙间物之最清高者,莫如笔墨,而事之最重大者,亦莫如笔墨也。自天子以至于庶人,皆亲而尚焉。通五经之源流,穿千古之灵窍。或著书,广之于礼乐文章;或歌诗,诵之于明堂清庙①,或作法书,悟之于听江舞剑②;或为图画,得之于神妙天机。言忠言孝,品贵黄金;书梅书蕉③,名香乌玉④。于是晋之以中书令⑤,尊之以松滋侯⑥,因其功盖于乾坤德配乎日月而然也。宁知文章至于笔墨,有若是之大者邪。于是乎书。

　　① 明堂:古代帝王宣明政教的地方。　清庙:即宗庙。
　　② 听江:据《墨池编》卷二《雷简夫听江声帖》载:宋代书法家雷简夫学帖,恨未及其自然,后闻江水暴涨声,遂悟笔法。　舞剑:唐代开元年间,教坊著名舞伎公孙大娘善舞剑器。书法家张旭观公孙大娘舞剑而悟草书笔法。
　　③ 书柿:在柿叶上练习书法。《新唐书·郑虔传翻》:"虔善图山水,好书,常苦无纸。于是慈恩寺贮柿叶数屋,遂往,日取叶肄书(练习书法),岁久殆遍。"　书蕉:在芭蕉叶上习字。唐代书法家怀素家贫,无纸可书,尝于故里种芭蕉万余株,以供挥洒。见《书小史》卷十。
　　④ 乌玉:墨玉。此用为墨的美称。
　　⑤ 晋:晋升。　中书令:古代官职名,掌管宫廷文奏章。此处为

毛笔的戏称。典出韩愈《毛颖传》。

⑥ 松滋侯：古时制墨多用松烟，宋人因戏称墨为松滋侯。

诗　书

　　窗明几净，开卷便与圣贤对语，天壤间第一快乐事
也。然亦有时有处，有情有景，不可不知也。夫明月当
轩，清风拂户，有其时也。山静日长①，云深径僻，有其处
也。鹤和松间，蛩吟砌畔②，有其情也。花笑阑前③，鸟啼
林外，有其景也。至若有时有处，有情有景，而后开卷诵
读，其快乐又何可胜言哉！

　　① 山静日长：谓山中清静，感觉时间过得很慢。典出宋唐庚《醉
眠》："山静似太古，日长如小年。"

　　② 蛩（qióng）：蟋蟀。

　　③ 阑：同"栏"，栏杆，栅栏。

宜岸舫

　　似屋非陆，似舟非水，故曰岸舫①。静读于中，常以履薄临
深守圣人之教焉。

　　① 岸舫：建在水边岸上的仿船形建筑，供赏景、休憩、品茗等。园
林中常见。

宜雨轩

　　秋夜雨轩，展读《祭十二郎文》数过①。窗外有人伫立潜

听,不知是读书声,不知是雨滴芭蕉声?

① 祭十二郎文:唐代韩愈撰,祭奠其侄十二郎,写得十分感人。

宜月梧

梧桐夜月,清秋妙景,不读古诗千百首,何以写吾满腔秋思邪?

宜绿阴

夏多炎暑,宜避于绿阴深处,执《庄子》内外篇披读再过,不觉手倦抛书,身欲化蝶①。及醒时,不知梦往何所。

① 化蝶:《庄子·齐物论》上说:庄周做了一个梦,梦中变成一只蝴蝶。他醒来后想,到底是我梦见蝴蝶,还是蝴蝶梦见我。

宜月窗

乘月读书,吾辈之所宜也。然富家宦族有志者,亦与共之。夫月朗风清,谓之良夜。良夜读书,其乐何似!况月明如水,能洗涤吾尘襟;风扑如绵,可吹醒人痴梦。燃藜灯①,囚萤火②,总不若清光皓影,照吾夜读耳。

① 燃藜:《三辅黄图》卷六载:刘向夜晚在昏暗中诵书,一位穿黄衣的老人走过来,朝着手中的青藜拐杖头上一吹,便燃着了,周围一下子明亮起来。于是老人给刘向授课。后因以燃藜作为勤学的典故。藜,草名,又名莱,初生可食,茎老可作手杖。

② 囚萤火:据《晋书·车胤传》:晋代车胤从小勤学不倦,因家贫,

没钱买灯油,就想出一法,用白色的细绢袋盛放捉来的几十只萤火虫,照着书读。

宜梅窗

朝雨初晴,寒梅欲吐,窗明几净,正宜开卷读书。临尊啸咏[1],微风忽过,自觉字句生香,心神怡悦耳。

[1] 尊:酒尊,酒杯。参见卷三《文学部·诗赋·借境》篇注。

宜风帘

残暑初收,清风入室,驱尽案头尘色,不觉新凉满目,情景幽然。于是开卷朗诵,音清字爽,宛若化《五经》而作鼓吹之声矣。

宜水槛[1]

临流赋诗,元亮闲居之乐事[2]。但得熟读《归去来辞》[3],即不拈韵成章,而其孤高澹远之旨已见于源静流清之境矣。

[1] 水槛(jiàn):水边的栏杆。槛,栏杆。
[2] 元亮:陶渊明,字元亮,又名陶潜,东晋浔阳(今江西九江)人。曾任州祭酒。后为彭泽令,因不能"为五斗米折腰",遂弃官归隐,以诗酒自娱。有《陶渊明集》。
[3]《归去来辞》:陶渊明所写的一篇辞赋,表达自己厌倦官场、向往宁静田园生活的心情。

宜松冈

松冈岑寂,风日清佳,煨鸭脚[1],烹云泉,手检古今异书读之,书声朗朗,松声谡谡②,若相互答,不觉千秋音韵入于万斛松涛而发也③。

① 鸭脚:即银杏果。银杏树叶形状像鸭掌,故以鸭脚作为银杏树的别名,又以鸭脚代指银杏的果实。

② 谡谡(sù sù):风声。此用来形容风吹松枝发出的响声。

③ 万斛(hú):极言数量之大。斛,古代容量单位。初以十斗为一斛,南宋末年改为五斗一斛。

宜兰谷

峰谷幽深,兰香馥郁,正宜开卷与圣贤对语,一洗浮华鄙陋之习,而得广大空明之境矣。

宜云窝

蒲团一个①,安顿于烟霞之最深处,出金经静诵数过②,不觉白云一片迷我去路也。

① 蒲团:用蒲草、麦秸等编织而成的圆形垫子,多为僧人坐禅和跪拜时使用。

② 金经:指佛教和道教的经典,即佛经、道经。 数过:几遍。

宜山居

山居之乐,莫过于读书矣。所以古之好读书者,择诸名山而居焉。如陆机之于平原①,苏轼之于雪堂②,陶渊明之于菊所③,柳宗元之于愚溪④。其清逸之情,非山林不能移;澹远之旨,非诗书不能夺也。

①"陆机"句：陆机，吴县华亭(今上海松江)人，西晋文学家、书法家。曾与弟陆云在平原上的小昆山筑庐读书。

②"苏轼"句：苏轼被贬黄州(今湖北黄冈市)任团练副使时，在赤壁旁的龙王坡建造雪堂，作为住所。房屋落成时适遇大雪，故名。

③"陶渊明"句：东晋陶渊明辞官后，结庐南山下，种菊耕读。

④柳宗元：字子厚，唐河东(今山西永济)人。贞元进士，中博学宏词科。顺宗时任礼部员外郎，因参加王叔文为首的政治改革活动，被贬为永州司马，改任柳州刺史，卒于任。世称柳柳州，也称柳河东。唐宋八大家之一，与韩愈同为古文运动倡导者，诗文俱工。愚溪：见卷一《人品部·居乡》注。

宜江村

天空云淡，江寒水静，最得空旷之情。至若临流赋诗，自得鼓瑟湘灵之境，杳渺而莫可知也。

宜竹林

满饮碧筒之酒①，手携锦囊②，人竹林深处，意欲赋诗以消长日，不期苦被睡魔缠扰，驱之不去，乃席地枕囊而卧。良久乃醒，忽然记忆，已得所思，但觉一林风竹萧萧然化作千枝巨笔，皆吐琼葩矣。

①碧筒(tǒng)：即碧筒杯，以荷叶制成的饮酒器。唐段成式《酉阳杂俎》卷七《酒食》："取大莲叶置砚格上，盛酒二升，以簪刺叶，令与柄通，屈茎上轮菌如象鼻，传噏之，名为碧筒杯。"

②锦囊：锦制的袋子。据《唐文粹》卷九九《李贺小传》，李贺外出，"恒从小奚奴，骑距驴，背一古破锦囊，遇有所得，即书投囊中"。即将锦囊当作放诗的袋子。

宜日中

冬日晴暖可爱,投以甘菊小枕,横卧闲庭石床之畔,记忆旧时所见古人怪异之书,不觉温和之气入我怀抱,衣已半袒,而日将晒过腹矣。

宜石室

独坐巉岩峭壁之下,定心静性,穷其所学之根源。维闻松声谡谡[1],竹声萧萧,风声澹澹,泉声潺潺;乃见山光沉沉,云光渺渺,花光灼灼,月光溶溶。所闻所见而与耳目相谋,如松声谡谡以倾涛,竹声萧萧以成个[2],风声澹澹以扫人之俗,泉声潺潺以洗市之喧,皆入于耳,供人清听。又有山光沉沉而浮,云光渺渺而明,花光灼灼,华而且实,月光溶溶,净而尤清,悉寓于目,助人观游,则吾所闻所见不为无益矣。曰否。草木之生杀有时,品类之盛衰有节。万物有声闻者寡,而不闻者多,四时有景见者近,而不见者远。至若欲穷其奥妙精微,又非有声有景处可得者。然则所闻非闻,所见非见,所闻所见,非闻非见也。孟子曰:"我善养吾浩然之气。"是气也,塞乎宇宙者易,出乎宇宙者难矣。天性者,心也;静者,定也。心定于内,而不可使形摇于外。旨澹渊深,虽闻而犹未闻,如见而犹未见,其在大道化成中矣。噫,达摩面壁十稔[3],始悟真玄,未尝能离定生静之本也。

① 谡谡:见前《宜松冈》篇注。

② 个:竹叶排列成"个"形。

③ 达摩:禅宗祖师,梁时来华,会梁武帝,面谈不契,遂渡江北上北魏都城洛阳,后居嵩山少林寺,面壁九年而得道。　十稔:十年。按,应为九年。

宜竹屋

　　王禹偁《竹楼记》云①："夏宜急雨,有瀑布声;冬宜密雪,有碎玉声,皆竹楼所助。"至若读书于内,一字一音,如清籁起长川②,始则幽逸之声,继而砯砰之响③,由缓而急,自疏而密,不假雨雪而有碎玉、瀑布之声,尽入于读书人口角春风中矣。

　　① 王禹偁:字元之,济州钜野(今山东巨野)人。北宋诗人、散文家。太平兴国进士,为右拾遗,累迁翰林学士。直言敢谏,曾贬黄州(今属湖北黄冈),世称"王黄州"。有《小畜集》。　《竹楼记》:全名为"《黄州新建小竹楼记》",见王禹偁《小畜集》卷十七。《古文观止》改题作"《黄冈竹楼记》"。
　　② 清籁:清亮的声音。　长川:长河,大河。
　　③ 砯砰(pīng pēng):浪击声。

法　书

　　世以八法祖之王右军①,而右军又学书于卫夫人②。卫岂高出其上邪?不过徒费日月耳。然不因其引进法门,又乌知李斯、钟繇、蔡邕辈之用笔高妙也③?由此推之,而日月岂徒费哉?凡人知而不能行,惟右军知而能行,行而更能变,一变之于《兰亭》④,洗尽陈腐,特出渊源,是以古今推为真行之祖⑤,可无疑议矣。

　　① 八法:汉字楷书运笔的八种基本法则,包括侧(点)、勒(横)、弩(直)、趯(钩)、策(斜画向上)、掠(撇)、啄(右之短撇)、磔(捺)。此处代指书法。　王右军:即王羲之,字逸少,号澹斋,原籍琅琊临沂(今属山东),后迁居山阴(今浙江绍兴),东晋书法家,被尊为书圣。曾官右军将

军,故又称王右军。

② 卫夫人:名铄,字茂猗,河东安邑(今山西夏县北)人,晋代著名书法家,世称卫夫人,是王羲之的启蒙老师。

③ 李斯:战国末年楚国上蔡(今河南上蔡西南)人,曾任秦朝丞相,为著名政治家、文学家和书法家。　钟繇:字元常,颍川(今河南长葛东)人。三国时期曹魏著名书法家。　蔡邕:字伯喈,陈留(今河南省开封市陈留镇)人,东汉文学家、书法家。有《蔡中郎集》。

④ 兰亭:东晋永和九年三月三日,王羲之与谢安等四十一人汇集于会稽山阴之兰亭,举行修禊活动,羲之书写下著名的《兰亭序》,成为千古名帖。

⑤ 真行:书法的一种,以楷书为主,兼有行书笔意。

临　帖

临帖在乎得其神理,不必刻于点画。不知者仅于一点一画之间用尽苦工,务求笔肖。至若究其神理,不知在于何所。乃是右军所谓徒费日月也。康熙年间,吾乡有一名士,好作楷书,与法帖宛然无二,但欠神理,时人称为刻板《黄庭经》[①],虽属讥讽,亦颇近似。

① 《黄庭经》:此指王羲之书写的小楷《黄庭经》。

用　笔

学书全在用笔。用笔必先正心,心正则笔正,笔正则力备,始可悟印泥画沙之法[①],入神入理,森森然其雄秀之气起于中峰矣[②]。

① 印泥画沙:唐褚遂良《论书》:"用笔当如锥画沙,如印印泥。"

② 中峰：即中锋，书法用语。指运笔时，毛笔笔锋居中而不倒侧。

结　字

结字须老干，须森秀，须正大，须宁静，勿柔弱，勿悍霸，勿轻浮，勿狡饰。最喜清而华，精而粹，壮而雄，温而厚，切忌拘而束，敛而缩，迂而曲，鄙而俗。然书家取舍不一，虽极俊美，终不可失古法也。

有　骨

字有骨力，如快剑长戟，森然相向，方得神理。勿使肉多骨少，致失肥瘦相兼之法，所谓墨猪①，又何取焉？

① 墨猪：唐张彦远《法书要录》引东晋卫铄（卫夫人）《笔阵图》云："善笔力者多骨，不善笔力者多肉。多骨微肉者，谓之筋书；多肉微骨者，谓之墨猪。"

有　肉

骨力虽得，而肉气不及，则枯而不荣，明而不润，绝无秾纤错落之妙，亦不可以为法。

肥瘦相兼

有笔力则为有骨，有墨气则为有肉。骨，笔力也；肉，墨气也。骨胜于肉，乃近于枯；肉胜于骨，即类乎浊。是以骨不宜太露，而肉亦不宜过丰，自宜乎肥瘦相兼，诚为千古不易之法也。盖骨与肉相为表里，不可失也。笔与墨均为吾用，不可反使其用也。

得　体

书家体致，昭然卷帙，详且备矣。如柳公权廉直不屈[1]，而笔亦刚正；王逸少人品有馀[2]，而书亦清高。直与古法为之一变，其体致得广大清明之境，有超凡入圣之乐也，无疑其为古今师法。

[1] 柳公权：字诚悬，京兆华原（今陕西耀县）人。唐代书法家。官至太子太保，封河东郡公。性情耿直，敢于直言进谏。

[2] 王逸少：即东晋书法家王羲之，字逸少。详见前《法书》小引注。

用　工

钟繇曰："吾学书三十年，坐则画地，卧则画被致穿[1]。"（《墨薮》）[2]可见古人专心，乃有若此。

[1] 画被致穿：在被褥上用手指划写来练字，以致被面都被划破。

[2]《墨薮》：唐韦续撰。传本《墨薮》不见以上引文。《说郛》卷七十三引唐韦续《书诀墨薮》云："吾学三十年，坐则画地，卧则画被。"与本书所引稍异。宋朱胜非撰《绀珠集·画被》："钟繇教其子曰：'学书须思。吾学三十年，坐则画地，卧则画被致穿。'"则更为接近。

入　圣

用工不在勤摹，而在能悟。如观舞剑而得神，听江声而得法，皆其能悟者也。于是笔花墨沈[1]，尽作骨力肉气，入于秋纤肥瘦之间，出于雄秀清明之外，其非神欤？自得书家三昧也。

[1] 墨沈（shěn）：墨汁。

图　画

画之一道，岂易言哉？有六法，化而为六要六长；有三病，兼之以十三忌。总以超凡脱俗为神品。但其云势石色，出没隐见，皆天机所到。今之学者，若无渊源根底，不可得也。即可得，亦不过在于皮毛肤廓间，取其笔尚轻松，墨无浮滞，亦可谓之工画；而入情入骨之境，非生知者，未之有也。噫，画之一道固难言矣。

有　法

六法：曰气韵生动[1]，曰骨法用笔[2]，曰应物写形[3]，曰随类傅彩[4]，曰经营位置[5]，曰传模移写[6]。于法虽备，其用在我。能于有法处忽归无法，无法中顿生有法，如醋洒泼墨，神化莫测，是无法而有法，有法而无法矣。然画岂无法？贵在藏而不露，活而不板，虽极无法，亦必有法也。

[1] 气韵生动：谓绘画生动传神，富含生命力。气韵原作"气运"，据南齐谢赫《古画品录》改。下文有两处"气运"也同改。
[2] 骨法用笔：指用笔刚健有力。
[3] 应物写形：按照客物对象的特征摹而写其外形。
[4] 随类傅彩：随不同物类而敷染色彩。傅，通"敷"，涂抹。
[5] 经营位置：用心安排被绘物在画面上所处的位置，即指绘画布局构图。
[6] 传模移写：指学画时临摹他人的绘画作品。

有　要

气韵兼力，一要也；格制俱老，二要也；变异合理，三要也；

彩绘有泽,四要也;来去自然,五要也;师学舍短,六要也。有此六要,学者不可忽也。

有 长

粗卤求笔[①],一长也;僻涩求才,二长也;细巧求力,三长也;狂怪求理,四长也;无墨求染,五长也;平画求长,六长也。有此六长,学者珍而勉之。

① 粗卤求笔:粗疏中而又能讲究笔法。

有 忌

一曰布置拍密,二曰远近不分,三曰三山无气,四曰四水无源,五曰境无彝险[①],六曰路无出入,七曰石只一面,八曰树少四枝,九曰人物伛偻[②],十曰楼阁错杂,十一曰瀴淡失宜[③],十二曰点染无法。此皆忌也。

① 彝险:平坦和险峻。
② 伛偻(yǔ lǚ):腰背弯曲,俗称驼背。
③ 瀴(wěng)淡:浓淡。

有 笔

笔有三病:一曰板,二曰刻,三曰结。不可犯也。板则无圆浑之旨,刻则无生动之机,结则无流畅之势,所以为病也。其谓有笔者,在于皴法。若无皴法,但有轮廓,是无笔矣。关全用正峰[①],倪迂用侧笔[②],各极其妙。然侧笔虽不易,而正峰为尤难,在人所能与不能耳。王思善有云:"使笔不可,反为笔使。"斯言可谓深于用笔者矣。其曰板，曰刻，曰结，之三病乌得而有邪③？

① 关仝：长安(今陕西西安)人。五代后梁画家，擅画山水。　正峰：即中锋，运笔时笔锋居中而不偏。

② 倪迂：即倪瓒，元代画家，字元镇，号云林居士，又号懒瓒、倪迂。无锡(今江苏无锡)人。擅绘水墨山水。有《清閟阁集》。　侧笔：侧锋。运笔时笔锋倾斜。

③ 之：这。

有　墨

今人写山，往往先画轮廓，于笔画边皴起①，皴后用淡墨从深凹处染之，非也。古人惜墨如金，必须随画随皴，带皴带染，一笔挥成，方得神理。如但有轮廓，皴不如法，辄以水墨涂抹，虽欲自闭其丑，不知反类乎三病中之板矣。或固有本领，而能超凡脱格者，全以墨沈泼成树石云泉，跃然生动，其非三品中之神乎？若此皆为有墨。

① 皴(cūn)：中国画技法之一，用侧笔蘸淡干墨擦染，以表现物体的脉胳纹理以及阴阳向背。

有　气

三品：曰气韵生动，出于天成，人莫窥其巧者，谓之神品；笔墨超绝，傅染得宜，意趣有馀者，谓之妙品；得其形似，而不失规矩者，谓之能品。亦首先于气也，气必须清，脉必须远，气脉清远，而有天成生动之旨，不出为神妙之笔矣。余尝示人曰：作画最贱尘俗气，独贵书卷气。然尘俗气易，而书卷气难。何所谓易？又何所为难？非深心于斯道者不知也。夫物各有气，在清与浊耳。清气上升，浊气下降，自然之理。其上则清而幽，其下则浊而俗。惟书卷庶几窥见圣贤之学，可以镯其浊而扬其清，是气之所以贵也。故作画得有书卷气者，则大成矣。及其成也，更得名士无骄傲气，神仙无丹药气，又其神而化之矣。

有　力

苍老古干，乃其力也。力弱则气短，气短则欲其圆浑幽深、吞吐含蓄之妙，何可得也？

有　神

画之不可无神也。神者，本从气得，然气又由神而生。盖神气相为表里，失一而不可，乃作画第一层要境也。

有　色

色泽起于神情，神情爽而色泽明矣。然维识者知之；否则恶其青绿之不鲜妍，红黄之不华丽矣。虽极蕴藏色泽，最得神情，见者不过一淡墨秋山，索然无味，则又以明珠暗投，终莫知其光彩也。

有　派

画之宗派分有南北①，随人宗之。其北如赵幹、赵伯驹、伯骕②，以至马远、夏彦之③，悉宗之于李思训父子④；其南则张璪、荆浩、关仝、郭忠恕、董源、巨然、米家父子⑤，以至赵孟頫、吴镇、黄公望、王蒙⑥，皆宗之于王摩诘⑦，各极其妙。然宗派虽分南北，而六法之要仍同一辙也。

①"画之宗派"句：按，明代莫是龙、董其昌等将古代绘画分为南、北两个流派，即南宗和北宗。北宗源于唐李思训父子，为工笔重彩的青绿山水；南宗创于唐王维，以水墨渲染，写意为主，乃文人画之祖。

②赵幹：江宁（今南京）人。五代南唐画家，善画山水。曾为后主李煜宫廷画院学士。　赵伯驹：字千里。宋太祖七世孙。建炎初，官至浙东路钤辖。善青绿山水及木石，兼工花卉翎毛，尤长于人物。　伯骕：赵伯骕，字希远，赵伯驹之弟。以文艺侍高宗左右。善山水、人物，尤长于花禽。

③马远：字遥父，号钦山。原籍河中（今山西永济附近），后侨寓钱塘（今浙江杭州）。宋光宗、宁宗时画院待诏。山水、人物、花禽俱臻神妙。与夏珪齐名，时称马夏。山石用斧劈皴，苍劲险峻。画山水多取一角之景，人称"马一角"。　夏彦之：即夏珪，字禹玉，钱塘（今杭州）人。为宋宁宗朝画院待诏。尤长山水。所绘山水多取半边，人称"夏半边"。

④李思训父子：李思训，唐宗室，字建。开元初官至左武卫大将军，时人称大李将军。善画山水树石，笔力遒劲，金碧辉映，被奉为北宗之祖。其子李昭道也以画山水驰名，因其父称大李将军，故称他为小李将军。

⑤张璪：字文通，吴郡（今苏州）人。官终忠州司马。唐代画家。工画树石山水，松石尤绝。　荆浩：字浩然，隐于太行山之洪谷，因号洪谷子。河南沁水（今济源）人。为五代后梁时画家，工画佛像，山水更妙。　关仝：五代后梁画家，详见前《有笔》篇注。　郭忠恕：字恕先，五代北宋间洛阳（今河南洛阳）人。能文章，精小学，工书法，更以绘亭台楼阁之界画闻名。　董源：字叔达，五代南唐钟陵（今江西进贤）人。擅绘江南山水，树石幽润，峰峦深秀。代表作为《潇湘图》。　巨然：僧，五代北宋间江宁（今南京）人。工画山水，学董源，笔墨秀润。有《秋山问道图》等传世。　米家父子：米芾、米友仁父子。米芾，字元章，吴人，祖籍太原，后徙襄阳，晚居江苏镇江。为宋宣和时书画学博士。书画自成一家。山水学董源，多用水墨点染，称"米点山水"。有《书史》、《画史》、《宝晋英光集》等。米友仁，字元晖。精书画。天机超逸，不事绳墨。山水学

其父,以善于表现雨后云山著称,有米家山水之誉。父子俩称大、小米。

⑥ 赵孟頫(fǔ):字子昂,号松雪道人。宋太祖十二世孙。吴兴(今浙江湖州)人。仕元,官至翰林学士承旨。谥文敏。诗、书、画、印俱臻高妙。有《松雪斋集》。　吴镇:字仲圭,号梅花道人,尝自署梅道人。嘉兴(今浙江嘉兴)人。工书画,山水师巨然。善于用墨,淋漓雄厚,为元人之冠。

黄公望:本姓陆,名坚,平江常熟(今江苏常熟)人。后过继给永嘉黄氏为义子,因改姓名,字子久,号一峰。入"全真教"后,又称大痴道人。工书法,通音律。山水师董源、巨然,晚年变其法,自成一家。后人赞其山水画"峰峦浑厚,草木华滋"。　王蒙:字叔明,晚年居黄鹤山,自号黄鹤山樵,又号香光居士。吴兴(今浙江湖州)人,赵孟頫外甥。山水师法董源、巨然,画面构图繁密,自成一家。与黄公望、吴镇、倪瓒合称"元四家"。

⑦ 王摩诘:即王维,字摩诘,太原祁(今山西祁县)人,唐开元间进士。博学多艺,诗书画俱佳。绘画长于水墨山水,被后世奉为南宗之祖。有《王右丞集》。

有　成

学者必宗一家,以冀有成。然高彦敬、倪元镇、方方壶虽为逸品①,皆能自成一家,卓然千秋。盖自分有迈古超今之手,亦不难自立门户,何必拘拘而求,依样葫芦也?

① 高彦敬:即高克恭,字彦敬,祖籍西域(今新疆),占籍大同(今山西大同)。元代画家,善山水、墨竹。　倪元镇:倪瓒,字元镇。详见前《有笔》篇注。　方方壶:方从义,字无隅,号方壶,贵溪(今属江西)人。元代道士、画家,擅长水墨云山。

有　变

凡画到至纯至粹、至高至妙地步,必能脱其凡骨,入其神

品,奇异中亦颇平淡,平淡中自多奇异,笔飞墨舞,自有不期然
而然者,即不难于变矣。按人物自顾、陆、展、郑①,以至僧繇、
道玄②,一变也。山水则大小李变后③,荆、关、董、巨又一变
也④;李成、范宽后⑤,刘、李、马、夏又变也⑥;大痴、黄鹤又变
也⑦。盖善变者自成一代之名;成一代之名者,其空灵杳渺之
思莫不善变也。

　① 顾陆展郑:顾恺之、陆探微、展子虔、郑法士。顾恺之,字长康,
小字虎头,晋陵无锡(今江苏无锡)人。东晋画家,精于人物、佛像,有《女
史箴图》传世。陆探微,吴(今江苏苏州)人,南朝宋宫廷画家。展子虔,
渤海(今河北河间县)人。隋代画家。工人物、山水等,有《游春图》传世。
郑法士,吴(今江苏苏州)人。隋代画家,善绘人物。

　② 僧繇:即张僧繇,吴(今江苏苏州)人,南朝梁画家,长于人物、佛
像。　道玄:吴道子。阳翟(今河南禹州)人。唐代画家,擅长佛道、人
物,有画圣之誉。

　③ 大小李:李思训、李昭道父子。详见前《有派》篇注。

　④ 荆关董巨:荆浩、关仝、董源、巨然。详见前《有派》篇注。此四
人均为五代时山水画大家,荆浩、关仝两人属北方山水画风格,画面雄
浑壮美;董源、巨然属南方山水画风格,图画秀润清逸。

　⑤ 李成:字咸熙,青州(今属山东潍坊)人。五代北宋画家,擅长山
水,师承荆浩、关仝而又自成一家,被当时人誉为山水画古今第一。
范宽:本名中正,字中立,因性情宽厚,人称范宽,遂以自名。北宋画家。
山水初学李成,后自创一格,峰峦浑厚雄壮。代表作为《溪山行旅图》。

　⑥ 刘李马夏:刘松年、李唐、马远、夏珪。刘松年,钱塘(今浙江杭
州)人,因居清波门,故号刘清波,人称暗门刘。南宋宫廷画家。山水与
李唐一脉相承,又有自家特色。李唐,字晞古,河阳(今河南孟县)人。南
宋画家,擅画山水,亦工人物。山水多取近景,突出主峰,山石用大斧劈
皴法,积墨深厚。马远、夏珪,见前《有派》篇注。以上四位画家代表了南

宋山水画的新风尚。

⑦　大痴黄鹤：即大痴道人黄公望、黄鹤山樵王蒙，均为元代山水画名家。详见前"有派"篇注。

有　品

文章名世，重在人品，书画亦然。且形随心转，所以谓心正则笔正。其人品固高，而笔旨自静，墨光自清，求之于笔旨墨光之畔，定见幽微；人品固陋，而笔意自俗，墨气自浊，审之于笔意墨气之中，不无浮滞。其可名世而推重者，但观笔墨，则知其人品高与否也。可不慎之？

有　学

笔墨之事，非不学者之可为也。其所学者，以穷圣贤之法言而开天地之灵窍①，自然超脱而不俗矣。余所贵乎书卷气，此之谓也。且有云："读万卷书，行万里路。"其将有以一笔一墨写吾万重山也。

①　法言：合乎礼法的经典言论。

有　体

烟岚高旷，是一体也；秋山晚眺，是一体也；泼墨随形，亦是一体也。古人作画，虽狂怪疏密处，亦必不失于理而成奇观者，此又在变幻中求之，亦作一体也。切忌邪魔之气绕于笔端，市俗之气侵于纸上，则笔墨悖谬而体致失矣。当求正大光明之概，勿蹈浮华卑陋之习，庶可得其体矣。

看山阁闲笔卷五

仕　宦　部

仕宦一途，志逸者所不道，然余家三世受国殊恩，宁无一言以申为政之要？切恐浅学迂谈，知不满世道君子所一哂耳。

明　职

官有崇卑，政有繁简，百司庶僚，各鸣其职，并非无所事事也。如州县有父母斯民之责①，丞倅有勖勤吏治之责②，知府有董率僚属之责③，守巡二道有监司分察之责，臬司有洗冤泽民之责，藩司有承流宣化之责④，督抚有察吏安民、激浊扬清之责，供职不同，为政则一，务期各尽职而修政，经久无堕，何难成效？将见移风易俗，吏尽称良；转歉成丰，民莫不利矣。然人才难得，固宜自爱。宁守闲职，而勿求剧职；宁无佳政，而勿效酷政。宁可旷职，而勿使逾职；宁有宽政，而勿效苛政。为治之诀明矣，为官之要在矣。虽任卑微，而望自尊崇；即处繁难，而治亦觉简易矣。

① 州县：指州、县行政长官，即知州和知县。清代直隶州知州为正五品官，散州知州为从五品官，知县为正七品官。　父母斯民：做老百

姓的父母，即"父母官"之义。斯民，老百姓。

② 丞倅（cuì）：古时地方官手下的佐贰副官称丞、倅。　劻勷（kuāng xiāng）：辅佐。

③ 董率：统率，领导。

④ 承流：接受和继承已有的良好风尚和传统。　宣化：即"宣王化"，宣扬天子（皇帝）的教化。

州　县①

虞诩有云："不遇盘根错节，何以别利器？"②非州县而谁？则知州县一官，所系甚重，所关甚要也。其重在致治之阶，其要为亲民之职耳。若夫清彻壶冰③，润如林露④；禁衙蠹以诈民财⑤，殄讼师以构民衅⑥；垦荒芜以教民耕，豁浮粮以苏民困⑦；制药饵以防民疾，实仓谷以备民饥，锄凶豪以获民安，剪狡诈以除民害；正风俗以冀民淳，驱异端以免民惑；设义学以授学业，立公冢以埋枯骨⑧。大则倡举普济⑨，收养老幼残疾、鳏寡孤独⑩；小则兴建育婴⑪，容纳贫苦婴儿，悉加乳哺。常以保赤为心⑫，时以济人为事，既慈且爱，积德累仁，造无穷之福者，州县能之。至如吏治不修，民生不惜，公庭不肃，差徭不均，乐善不旌⑬，负冤不洗，赌博不禁，淫乱不惩，懦弱不扶，强梁不剪⑭，有利不兴，知弊不剔，刑罚不慎，讼狱不平，奸匪不究，保甲不严⑮，盗贼不弭⑯，灾荒不救；或勤于催科而惰正事⑰，或利其营求而忽民命；进则奴颜婢膝以媚悦上司，退则狐假虎威以鱼肉百姓。常间阎失所⑱，道路寒心，遗无穷之祸者，州县亦能之。呜呼，痛极呼天，饥极必呼父母。夫州县，民之父母也，宁忍饮痛号饥而不相顾乎？膺一命之荣⑲，寄百里之重⑳，能自饱餐安寝而不无耻乎？盖福泽于民，则民亦知感；祸流于民,则民莫不怨。然恐当局者迷,则遗祸颇易,而造福甚难也。其谓盘错之难至此,则利器易别矣。且夫州县所辖百里,较之上古诸侯有倍之者,其疆土不为小矣。百里内之生杀权要悉归之于己,其权可为大矣。经岁输纳仓廪钱粮若万若千②,俱为己掌握,其付托亦不为不重矣。以疆土之宽、权要之大、付托之重,在州县也,宁可不洗心涤虑,植士爱民,上报国家擢用之恩②,下体各宪作养之德③?而尚醉生梦死,趋跄幸进,汲汲营营,渴望于荐牍者④,不亦愚乎!

　　余署县篆时⑤,书此数语于座右,以期无玷厥职。因歌《十要》,兼书《十戒》,触目自儆,无如五日京兆⑥,急切未获成效,致所恨耳。乾隆丙寅阳至后三日守真子黄图珌识。

① 州县:谓州县官,即知州和知县。参见上篇注。

② "虞诩有云"三句:虞诩,字升卿,陈国武平(今河南鹿邑县西北)人。东汉名将。他在太尉李修府中任郎中时,因反对放弃凉州而得罪了大将军邓骘。当时朝歌发生暴乱,邓骘为报复,就推荐虞诩去做朝歌长,临行,故旧纷纷赶来慰问,都为他惋惜,虞诩笑着说:"志不求易,事不避难,臣之职也。不遇盘根错节,何以别利器乎?"到任后,平定了叛乱,地方大治。见《后汉书·虞诩列传》。

③ 壶冰:即玉壶冰。玉壶盛冰,冰清玉洁,以喻人品格高洁。

④ 林露:林木上的露水。比喻官员廉洁爱民,如雨露滋润草木。

⑤ 衙蠹:对衙门官府中贪赃吏役的蔑称。

⑥ 殄(tiǎn):消灭。　讼师:专门替人打官司的人。详见卷二《人品部·忠言》注。

⑦ 豁浮粮:豁免定额以外的钱粮税款。

⑧ 公冢:公共墓地。冢,坟墓。　枯骨:谓散落在野外的无主遗骸。

⑨ 倡举：倡办。　普济：普济堂。清代收容老病孤寡的慈善机构。

⑩ 鳏寡孤独：《孟子·梁惠王下》谓"老而无妻曰鳏，老而无夫曰寡，老而无子曰独，幼而无父曰孤"。后泛指老弱无依的人。

⑪ 育婴：此指育婴堂，旧时收养弃婴的机构。

⑫ 保赤：养育、保护婴幼儿。泛指像爱护孩子一样爱护百姓。

⑬ 乐善：喜欢做好事。　旌：表彰，表扬。

⑭ 强梁：指地方之土豪恶霸。

⑮ 保甲：清代户籍编制采用保甲法，即十户为牌，设一牌头；十牌为甲，设一甲头；十甲为保，设一保长。户给印牌，书其姓名丁口，出则注其所往，入则稽其所来。

⑯ 弭：消除，平息。

⑰ 催科：催收租税。

⑱ 闾阎：里巷内外的门。借指平民百姓。

⑲ 膺：接受。　命：任命。

⑳ 百里：百里之地。

㉑ 仓廪（lǐn）：贮藏钱粮的仓库。

㉒ 擢（zhuó）用：提拔任用。

㉓ 宪：旧指朝廷派驻各行省的高级官吏。清代称巡抚、布政使、按察使为三大宪。　作养：培养。

㉔ 荐牍：推荐人才的文书。此处意指升官。

㉕ 署县篆：担任县令。

㉖ 五日京兆：比喻任职时间很短。西汉张敞任京兆尹，因事被弹劾。他手下的官员絮舜觉得张敞很快就会罢官，不肯再为他做事，说："吾为是公尽力多矣，今五日京兆耳，安能复案事?"张敞听说后，派人把絮舜抓了起来，最后判处他死刑。见《汉书·张敞传》。

十　要

一要清，无非薄敛与省刑。门如闹市心如水，百里弦歌不绝声①。

二要明，片言折狱在公庭②。秦镜当空高照处，顿教鬼蜮自潜形。

三要公，情不能狥贿莫通。铁面无私邪可辟，正心自可挽颓风。

四要慎，律虽昭著理须顺。莫将刑罚市威严③，和衷定性为问讯。

五要察，要察胥奸与吏滑。藉威吓诈民受殃，何可装聋还做瞎？

六要勤，水旱情形认得真。宁使从宽毋过刻，由来邦本在于民。

七要宽，只求无事民自安。户婚田土经调处，两相允服案即完。

八要严，最患流匪踪迹潜。力行保甲勤巡缉，及早根株莫久淹④。

九要慈，命毙多应刑酷时。眼前赤子须当惜，头上青天何可欺？

十要爱，吾爱于民民亦戴。早登衽席乐升平⑤，幸有廉明贾父在⑥。

① 百里弦歌：谓礼乐教化遍及民间。弦歌，以琴瑟伴奏而歌，此指礼乐教化。《论语·阳货》载子游任武城宰，以弦歌作为教化百姓的方式。

② 片言折狱：见卷一《人品部·出仕·守诚》篇注。

③ 市：交易，换取。

④ 根株：根除。

⑤ 衽(rèn)席：卧席。此处借指太平安居的生活。

⑥ 贾父：贾琮，字孟坚，后汉聊城（今山东聊城）人。为官清正廉明。灵帝时任交趾刺史，巷路歌曰："贾父来晚，使我先反。今见清平，吏不敢饭。"在职三年，政为十三州最。官终度辽将军。见《后汉书·贾琮传》。

十　戒

戒卑污

一命身承恩固隆，卑污徒自剚家风。可怜屈体如无骨，伎俩知君已效穷。

戒任性

平心和气理民词，桳夹休教任性施①。总使罪深无可逭②，昭然国法没偏私。

① 桳(zǎn)夹：即拶指，古代一种酷刑，用绳子联结五根小木棍，套入手指而收紧。

② 逭(huàn)：逃避。

戒营私

暮夜怀金有四知①，为官岂可苦营私？不贪始信真为宝，清白家声无改移。

① 四知：见卷一《人品部·出仕》注。

戒躁进

一般修政与民亲，命也如何不若人？安步幸而无蹢躅①，始知驽马胜麒麟。

① 踟蹰(jú zhú)：徘徊不前。

戒粉饰

莫教钓誉与沽名，为政临民须至诚。弄巧不如守拙好，本来面目认分明。

戒越分

毋思过分且安情，君子由来素位行①。尽职不分官大小，一般皆是为民生。

① 素位行：按现在所处的地位而行事。素位，现在所处地位。

戒傲慢

傲慢由来器不成，口碑安得有贤声？虚衷下问应无失，益在谦时损在盈。

戒执拗

折衷损益剂方调，偏执恐干出入条。新尹必闻旧尹政①，苟须迁改善须标。

① 尹：古代对官的通称。

戒夤缘

大器由来是晚成，不须汲汲与营营。有才何必愁无用，市媚求怜徒自轻。

戒浮躁

鸣琴百里有仁声①，赏罚休从喜怒行。刚不如柔拙胜巧，一团和气顺民情。

① 鸣琴：即鸣琴而治。见卷一《人品部·出仕》篇注。

丞 倅①

丞即同知，倅即通判，皆府佐也。庾亮云②："别驾，旧与刺史别乘，同宣王化于万里，其任居刺史之半。"③按通判列六品，为郎官之首，而同知居五品，处大夫之中，官亦不为小矣。然其职任不过清军、驿传、水利、巡盐、船政、督粮、捕盗而已。惟捕盗一席颇有关系。如盗首不获，盗窝不灭，盗线不穷，盗伙不靖，正赃不追，飞烧不禁，隐匿不报，诬良不察，流祸于生民者，其故虽在州县，而是官有督缉之职，安所归咎邪？夫盗贼之为患也，揆厥所由④，或好赌丧家而造意，或因奸忘命而起谋，或遇荒歉而群聚为匪，或迫饥寒而顿生不法。欲根寻弭盗之源，必先求泽民之政。与其察奸于后，不若防祸于前。由此推之，则赌习不可不除，淫风不可不灭，水旱灾荒不可不救，孤苦穷黎不可不恤也⑤。然而太守必须若清献者⑥，庶几良有同心，和衷协恭⑦；所谓路不拾遗，夜不闭户，亦得复见于今日也。否则，不以赞勷之力，反为分夺其权，从此生嫌挟疑而无底止矣。上司未必不以印官之言为然诺⑧，又何重乎佐治者邪？于是自好者效白香山⑨，从容山水间，吟风弄月，饮酒弹琴而已。呜呼，谓之闲官者此耳。盖人生于世，汲汲营营，其所难得者一字曰闲。不意居官亦得为闲，则知今日竟有无所事事之官，而吾民可安享升平之乐，其不美哉！

① 丞倅(cuì)：丞、倅的合称。皆为古代地方佐贰副官。

② 庾亮：字元规，颍川鄢陵(今河南鄢陵北)人。东晋外戚。因其妹为皇太子妃，侍讲东宫。后历任中书令、江荆豫三州刺史、都督江荆豫益梁雍六州诸军事等职。

③ "别驾"四句：出庾亮《答郭豫书》。宣王化，宣扬、传播天子的教化。"于"原作"千"，据《北堂书钞》卷七三《设官部》二十五改。

④ 揆(kuí)厥所由：究其原因。揆，测度。厥，其。

⑤ 穷黎：贫苦百姓。

⑥ 清献：赵抃，字阅道，号知非子，北宋衢州(今浙江衢州)人。仁宗景祐元年进士。至和元年，召为殿中侍御史，弹劾不避权势，时称"铁面御史"。平日以一琴一鹤相随。官至参知政事。曾历知杭州、青州、成都、越州，在任恤吏爱民，自奉廉洁，为政宽简，深受各地官民爱戴。死谥清献。有《赵清献集》。

⑦ 和衷协恭：谓同僚之间和睦一心，恭敬合作。语出《尚书·皋陶谟》："同寅协恭和衷哉。"

⑧ 印官：掌印之官。此指地方最高官。　　然诺：然、诺皆应对之词，表示应允。

⑨ 白香山：白居易，字乐天，晚号香山居士。祖籍太原(今山西太原)，生于新郑(今河南新郑)，唐代诗人。贞元进士。曾任杭州、苏州刺史。晚年官太子少傅，故也称白傅、白太傅。有《白氏长庆集》、《白氏六帖》等。

知　府①

知府一官，为州县之领袖，事事与州县相同，而州县步步又与知府干涉。于是知府之政，即州县之政；州县之政，即知府之政也。上无良守，不足以舒州县之操守才能；下无贤宰，不足以显知府之严明廉爱。盖府与州县相为表里，事事和同，步步相涉，而未尝有失也。如州县之土地不均，我能查而均之；州县之差傜不明，我能察而明之；州县之善良不举，我能闻而举之；州县之豪霸不锄，我能知而锄之；州县之衙蠹不逐，我能究而逐之；州县之讼师不殄，我能访而殄之；州县之审断不平，我能提而平之；州县之刑狱不慎，我能察而慎之；州县之士风颓败，我能修而整之；州县之民俗浇漓，我能教而化之；州县之水旱灾荒不救，我能设法以力救之；州县之奸匪盗贼不弭，我能筹画以尽弭之；州县有一事当利于民，则我必赞勒而兴之；州县有一事实害于民，则我必协力而除之：务期物各得宜，民各得所，洵可称为循良太守矣。然非公正无私，刚直不屈，何可得邪？《论语》云："其身正，不令而行。"断不可丝毫假借，致失本真也。且刺史有表率牧令之责②。如牧令中固有洁己爱民、循声善政者，力为录功推荐之；废公营私、苛政虐民者，即行详揭黜罢之。勿狥情堕事，勿朋比为奸；勿徇护贪员，勿潜伤廉吏；勿受请托而市私恩，勿恕庸愚而废正事。将求实政，务谢虚名；若戒营求，必先无欲。而我自矢本真③，毫无假借，则所属州县亦无不瞻顾考成，劻勷吏治；会见仁风惠露步武而生④，而民实蒙福多矣。如此则乘紫马，坐黄堂，享二千石谷禄，其不宜乎？

① 知府：宋代至清代府一级的行政长官，管辖所属州县。清代知府为从四品官。

② 牧令：地方长官。清代用为对知州和知县的习称。

③ 自矢：犹自誓。

④ 步武而生：随脚步而生。步武，脚步。

守巡道①

藩臬有通省钱粮、刑名之重②，既不能出巡，亦不能分理，故设守巡道，以分任两司之政也。所分之政，所巡之境，若府若州若县，或官吏贪污而民冤不洗，或势豪横行而民害不除，或惯习拳棒而民俗不淳，或相尚奢淫而民风不美，或土地荒芜而民业不修，或积贮悬虚而民食不足③，或盗贼窃发而民枕不安，或匪类潜踪而民祸不灭，或催科扰累而民困不苏，或讼狱繁兴而民生不保；所闻既真，所见又确，重则详院施行④，轻则行府议拟，务使物理民安，风移俗易。耕农有丰馀之庆，商贾无道路之嗟；江海有澄清之乐，闾阎无失所之虞。勖勤藩臬于未周，董率郡邑于不逮；宣上德意，问民疾苦，是为观察之政也。

① 守巡道：守道和巡道的合称。职责为协助布政司、按察司处理政务，对府、州县进行监察。清代道员为正四品官。

② 藩臬：藩司和臬司。明、清两代布政使和按察使的合称。

③ 悬虚：空虚。

④ 详：旧时下级官员向上级官员请示报告称"详"。

按察司①

按察即古之廉访也。察奸剪恶，洗冤泽民，总司一省风宪刑狱之政，是为外台；持生杀之权衡，凛冰霜之法鉴，犹内之中台也。司极威严，职最清肃。秉通省之政，官吏兵民不得其安，皆当弹压而震摄者也②；平通省之刑，遣戍充徒不得其平，皆得理枉而伸冤者也。若夫死刑一节，县招既定，必由府解司，勘无枉纵，自应遵例，不得苛驳；如其情罪稍有未当，亦不得过于拘泥，草率完结，致使真凶漏网，而无辜入罪。不知枉死者冤仇不白，反为幸生者诋笑不明；既无取君子仁爱之心，

且有干王章出入之典。为刑曹者可不慎乎！况其宪使之尊，
望若风霜，闻若雷霆，执天垣之法③，人代阎罗者哉！

① 按察司：清朝设立在省一级的司法机构，掌管一省司法、刑狱、
监察、驿传。其最高长官称按察使，正三品。

② 震摄：震惊，慑服。摄，通"慑"。

③ 天垣：指上天。垣，星空区域名。

布政司①

藩司为外僚领袖，承流宣化之使臣也。俾一省官吏之贤
否、民生之利弊、军匠之劳逸、地方之安危、赋役之繁简、积贮
之盈虚、政治之得失、风教之盛衰，总属其司，并归于掌；其为
最枢要者，所谓外政府也。于是全省之人材吏治，无不仰藉清
光，赖品题而望培植也；农桑黎庶，莫不幸邀德化，惠湛露而挹
春风也。若此，何可不公忠体国，洁己爱民，表率百僚之政治，
通达一省之舆情②？左辖右辖，分理旬宣③；维翰维屏④，实司
筦钥⑤。凡所视事，有利于民者，悉筹画而经理之；有病于民
者，即体察而调度之。某官贤能，当录其实绩而力荐之；某官
不职，亦应列其劣款以请黜之。勿蔽其善，勿纵其奸；勿以亲
情而营私，勿以年谊而瞻顾；勿以公事而挟仇，勿以小节而潜
伤；勿以不行馈送而辄生厌恶之念，勿以不善逢迎而遂致屏弃
其才。某处丰收，当购谷而积贮之；某处荒歉，应动帑以抚恤
之。勿容懈怠，勿吝出纳；勿使储备之悬虚，勿使田野之失业；
勿使赋役之繁兴，勿使催科之叠扰；勿使一民失所而有庚癸之
呼⑥，勿使一吏不肖而流虎狼之毒。务使弊绝风清，郡邑和同
于一政；上通下达，官民相得如一家。将见万井被慈云之覆⑦，

四方沐湛露之滋矣，其非有承流宣化之力欤？则无愧乎俨然居方伯之秩⑧，为百僚之表率也。

① 布政司：掌握一省民政、财政的省级行政机构。其最高长官称布政使，清代为从二品官。

② 舆情：民众的意愿和看法。

③ 旬宣：周遍宣示。语出《诗经·大雅·江汉》："王命召虎，来旬来宣。"毛《传》："旬，遍也。"

④ 维翰维屏：比喻镇守一方的长官如栋梁和屏障。翰，主干，栋梁。语出《诗经·大雅·板》："大邦维屏，大宗维翰。"

⑤ 筦（guǎn）钥：钥匙。

⑥ 庚癸之呼：向人告贷。庚癸，古代军中隐语，谓告贷粮食。春秋时，吴大夫申叔仪向公孙有山氏乞粮，答曰："梁则无矣，粗则有之。若登首山以呼，曰'庚癸乎'，则诺。"庚，西方，主谷；癸，北方，主水。战争期间不能明说粮，故用隐语代。后因称向人告贷为"庚癸之呼"。

⑦ 万井：千家万户。

⑧ 方伯：殷周时代诸侯之长。后泛指地方长官。

督　抚①

总督者，犹汉之经略；巡抚者，即唐之节度也。膺屏藩之任，为柱石之臣；既须才兼文武，亦必望并范、韩②。所以大功出于儒流，因而精金嘉于君子，无愧其有龙节蜺旌之宠、鸾书翠轴之荣也③。当求体国之公忠，爱民之实政。苟能无事，必整弓矢以察奸；幸获有收，必备仓储以防歉。勿为得食而忘餐，须效先忧而后乐。至于武备不修，吏治不饬；学校不兴，风教不美；农桑不课④，积贮不充；寇盗不息，民生不安⑤。文员武职各有专司，在督抚必拊绥之有方⑥，得官吏畏威怀德而不

敢犯,使文武和衷协恭以相安⑦。爱百僚而名香齿牙,乐万姓
以身登衽席⑧;而我尚不出翼翼之小心,益励蹇蹇之风节⑨,深
思远虑,至敬至诚,言言得理,步步得体,事事得宜,处处得治,
可以拥节而开府矣,为总理天下之大臣矣。若夫一言不得其
平,一步不得其正,一处不得其安,一事不得其妥;虽专兼统
辖,各有攸归,而督责不严,拊绥不力,又将何所辞咎邪?盖督
抚者,有治军靖寇、察吏安民之责。夫军治则寇靖,吏察则民
安;所以武备不可以废弛,政治毋庸其荒慢;不可湮没贤员,不
可遗失廉吏。窃谓农桑为王道之大源,育才实国家之要务。
春耕不课,安望有秋?知人不举,徒怀求治。切勿瞻顾狥情而
塞责,必须光明正大以施行。孟子曰:"有大人者,正己而物正
者也。"⑩其非然欤?盖有寄封疆之重者⑪,必先正己,而后可
以察吏;必先爱民,而后可以求治;必先振威,而后可以治军;
必先育才,而后可以报国。于是举劾必须详慎⑫,赏罚必须严
明;勿以善小而不举,勿以恶小而不劾;勿以功小而不赏,勿以
过小而不罚。宽严并济,恩德并施。麾展则风生凛凛⑬,钺开
则霜落萧萧⑭。则军不治而自肃,吏不察而自清矣。

① 督抚:总督和巡抚的合称。总督为清代地方最高长官,辖一省
或二三省,综理军民要政,为正二品官。巡抚为省级地方政府长官,总
揽全省军事、吏治、刑狱、民政大权,清代为从二品官。

② 范韩:范仲淹、韩琦。范仲淹,字希文,吴县(今江苏苏州)人。
北宋祥符进士,官至参知政事。有《范文正公集》。韩琦,字稚圭,相州安
阳(今河南河阳)人。北宋天圣进士,官至陕西经略安抚招讨使。有《安
阳集》。范仲淹与韩琦曾共同防御西夏,名重一时。边人谣曰:"军中有
一韩,西贼闻之心胆寒;军中有一范,西贼闻之惊破胆。"

③ 龙节蜺旌:龙节,做成龙形的符节;蜺旌,将羽毛染成五彩,缀以

缕,做成的旌旗有似虹霓,故称蜺旌。蜺通"霓"。这里指出行时的盛大仪仗。　鸾书翠轴:鸾书,仙诏;翠轴,用青绿色玉装饰的文书卷轴。这里用作对皇帝表彰、降恩诏书的美称。语出清华希闵《广事类赋》卷八《职官部·督抚》:"翠轴鸾书,锡于掌内;蜺旌龙节,降自天家。"

④ 农桑不课:课原作"颗",误,据文意改。课,督促。

⑤ "至于武备不修"至"民生不安"八句语意未完,疑有脱文。

⑥ 拊绥:安抚,安定。拊,通"抚"。

⑦ 和衷协恭:参见卷五《仕宦部·明职·丞倅》篇注。

⑧ 衽席:参见卷五《仕宦部·明职·州县·十要》篇注。

⑨ 謇謇(jiǎn jiǎn):忠直貌。

⑩ 出《孟子·尽心章上》。

⑪ 封疆:此指封疆大吏,也即总督、巡抚。因清代总督、巡抚总揽一省或数省军政大权,与古代分封疆土的诸侯类似,故称。

⑫ 举:指荐举人才。　劾(hé):检举揭发官员的过失和罪行。

⑬ 麾(huī):古代指挥军队的旗帜。

⑭ 钺(yuè):古代兵器,状如大斧,装有长柄。也用作仪仗。

举　劾①

　　进贤退不肖,宰相之事也。至于授钺开府而有封疆之重寄者②,皆得为之。制夹袋而广贮人才,开东阁以相延贤士。公门桃李,敬狄仁杰之善荐③;秋典鹰鹯,服王义方之敢弹④。贤愚须别,优劣当分;持黜陟之公明⑤,屏相识之私曲;激其浊,扬其清,是谓澄叙官方之道。其举劾岂可忽邪?

① 举劾:见卷五《仕宦部·明职·督抚》篇注。按,本节下仅有《贡

贤》一篇，未言及弹劾事，似有缺失。原本如此。

②授钺：君主授以斧钺，表示授以兵权。　开府：即督抚。　封疆：封原作"风"，误，据文意改。

③狄仁杰：字怀英，唐太原（今山西太原）人。举明经，迁大理丞。历江南巡抚使、豫州刺史，武则天当政时官至宰相。善于断狱，知人善荐，不畏权贵，为民所爱仰。

④秋典鹰鹯（zhān）：语出《旧唐书·忠义传上·王义方传》引王义方奏章："霜简与秋典共清，忠臣将鹰鹯并击。"秋典，指刑律法典；鹰鹯，两种猛禽，此喻勇猛无畏。　王义方：泗州涟水（今江苏涟水）人。举明经。显庆时任侍御史，中书侍郎李义府贪色枉法，畏罪自缢，义方上奏弹劾，被贬莱州司户参军。母丧，遂隐居不出。

⑤黜陟（chù zhì）：官员的任免升降。

贡　贤①

贡贤为□□□□□□□□□□市私恩，不尚粉饰而抹□□□□□□□□□□□可宝，莫使弃于道侧，良材自当贮之笼中。不听舌辩，不忌贤才；当羡桃红李白以盈门②，勿为犬吠鸡鸣而得士③。然其言则易，见则难。大凡荐举如能公正不苟，亦可得真士矣。

①贡贤：荐举贤才。

②桃红李白：即桃李。《韩诗外传》卷七："夫春树桃李，夏得阴其下，秋得食其实。"因桃李结实多，后遂以"桃李"比喻栽培或推荐的人才众多。

③犬吠鸡鸣：即鸡鸣狗盗，比喻卑微的技能。典出《史记·孟尝君传》。孟尝君被秦昭王囚禁，靠着手下能学狗盗、模仿鸡鸣的两个门客而逃脱。

看山阁闲笔卷六

仕　宦　部

吾闻郎官,上应列宿,出宰百里[1]。当知为官作宰,元非等闲可得也,况膺崇阶显秩者乎[2]。自必正己率属,以效公忠;鞠躬尽瘁,而守臣节。庶无愧忝为百僚之首,安于万民之上矣。

[1]　"吾闻"三句:典出《后汉书·明帝纪》:"馆陶公主(汉光武帝女儿)为子求郎,不许,而赐钱千万。(帝)谓群臣曰:'郎官上应列宿,出宰百里,有非其人,则民受其殃,是以难之。'"郎官,谓侍郎、郎中等官。秦时置郎官,为皇帝近侍官员,汉代以后职权范围逐渐扩大。两汉郎官常有出任地方长吏的机会。列宿(xiù),天上的众星宿。

[2]　崇阶显秩:谓级别很高的官职。

供　职

自来设官分爵,各有专司,自应循分供职,勖勤吏治。毋负才而挢越非分,毋偷安以荒废所司。有利必兴,有弊必剔;但知报国,不知保身。庶可谓之无玷厥职矣[1]。然与民最亲者,莫如州县,故是篇亦借州县之政以声明也。州县之政既和,府厅之政自合,司道之权衡有寄,督抚之指臂有收。其为州县,实属致治之阶[2]。克勤克慎,是为供职也。

① 玷：玷污。
② 阶：缘由，途径。

政　略

洗心涤虑，而后可以行政也。

　　为政之道，首重洁己，深恶营私。其心必须洗、虑必须涤者，人非圣贤，安能尽善？维恐其庸愚不德，昏乱失真，以致炎凉相扰，清浊混淆；忽是忽非，乍更乍改；或执拗而不顺民情，或拘泥而不察时务，所为之政自必非刻即苛，安能既善且美？可知洗心涤虑是为政之最要也。去其华，表其实；刚柔相济，宽严并施。心愈洗得清，虑愈涤得净，则政愈佳矣。

推诚平气，而后可以临民也。

　　推诚则舆情自合，平气则官政自和。大都为官作宦之人，推诚临下者既少，而平气从事者更不能多得。盖因其幸膺一命，身入仕途，未免有骄傲之气，浮华放荡不特韫之于中，亦且形之于外，抹杀其诚，致失其真也。所以临民必须推诚，更要平气，不怒而威，无为而治，虽属至愚，莫不知感，自然敬畏而不敢犯，爱戴而不忍忘。明月清霜，触处皆成化境；和风甘雨，遍地尽是阳春矣。

不可纷更旧章①，不可辄立新法。

一法立,百弊生。所以法不必求新,是率由旧章之为贵也。旧时立法,元属详备,有无成效,在奉行之善与不善耳。若奉行之善,虽属旧章,俨然新法;如奉行之不善,本是宽典,反为刻政矣。由此推之,须熟思何以使其奉行之得力,而不必求其政之新奇也。窃谓秉政者毋作聪明,毋执偏见,毋尚浮华,毋好怪异。至其矜夸己长,排谤人短,紊乱旧章,创立新法,维恐未及利于民,而先病于民矣。

① 纷更:变乱更改。

广开义学之堂,借圣贤语以发明孝悌忠信之要理。

教养洵属急务,凡有父母斯民之责者不可忽也。夫愚民往往不思利害,不顾身家,持强凌弱,造谋构衅,以致蹈法罹罪者,悉由自小未曾习学。其志气既属昏庸,而诗书又鲜有见闻,所作所为,未免越礼犯分,不识尊亲敬上,渐至顽梗莫化,身命随之,岂不惜哉!维设立义学,慎重延师,招集民间无力子弟,用意训诫,使其咸知礼义,人人被那孝悌忠信四个字束缚住了身心,不敢去丧心败行,而作此悖逆狂荡之事,自然安愚守分,能不妄作匪为,或耕或读,各相乐业。是为盛世之良民矣。

余兼湖州司马篆时①,开设义学,曾以典商陋规详请为延师脩脯之费②,以公济公,至今不废。及量移三衢,分驻峡口,无款可动,则捐俸建立。然俱属一隅,未能周遍于穷乡僻壤,咸受其益。窃谓义学之设,虽训导童稚,使其收束身心而知礼法,实有望其世风一变之于淳美也,功岂浅鲜者比哉！是以逐乡逐村均应设立，但嫌其少，不厌其多。噫，论文讲学，亦犹鸣琴而治之一政也[3]。

① 篆：印文多用篆字，故也称官印为篆。这里代指官职。

② 典商陋规：指向当铺商户征收的额外资费。典商，当铺商户。陋规，历来相沿的不良成例，特指索取钱财。　详：下级官员向上级官员请示报告。　脩脯：旧指给老师的礼物或酬金。脯原作"哺"，误，据文意改。脩脯，干肉。

③ 鸣琴而治：见卷一《人品部·出仕》注。

清厘养济之院[1]，尚仁善风，以苟免鳏寡孤独之无依。

鳏、寡、孤、独四等之人无依靠者，收养入院，月给钱粮，诚为仁政。毋使胥吏作奸舞弊，或捻名侵斯，或藉端刻扣，务要彻底清厘，得沾实惠，以仰副国朝优恤穷黎之旷典也。

苏州普济堂倡自优人[2]，收养甚众，历有年矣。噫，若辈尚然乐善，为仕绅者能不施仁积德，殊难解也。

① 清厘：清理，清查。

② 优人：古称以乐舞、戏谑为业的艺人。此指戏曲演员。

收弃婴以力育。

育婴堂之设，若事在于民者，条规既备，稽察亦严，所育之婴十存其九。至事在于官者，则州县有刑名钱谷之寄，未能时加体察，假手胥役，势所必然，宁能知其乳哺之得力不得力，衣穿之顺时不顺时邪？且有一妇而兼乳三四婴者,有名无实,何以保全?甚至今日进堂,明日报毙;即或存活,亦皆病痨疮瘦①,不复人形。是本欲施仁,而反致造孽矣。吾劝董其事者留意而力育之,亦大积阴功事也。

① 病痨:生肺结核。痨,肺结核。　疮(lún)瘦:病瘦。疮,病。

溺女之恶,相沿成习,悉由穷民生产既多,家又不足之故耳。或曰:己不能留,莫若送入育婴堂中,何忍遂至溺死邪?曰:不能也。堂设在郡或在县者,城乡相隔动辄一二百里,往返两三日即旷两三日力田担薪之工,尚需措办行粮始得到,彼家中产妇吉凶不能兼顾。且送入堂中,亦未可必其存活,反致挂心,不如溺之为干净矣。呜呼,非其父母,能忍至此?是有所不得已也。若以愚见,责令乡保,如遇贫苦民人子女已多,现俱乏食啼饥,实在不能抚育者,即行禀报有司,访查的确,详请拨发闲款,专员经理;仍令亲生父母收育,按月点验,给银数钱,以养馀力,应哺其女三年乃止。如此既济其贫,又活其女,亦推广皇仁一法也。

拾枯骨而揩埋。

收埋朽骨,圣王之政也。吾朝惠养黎元①,泽流泉壤,郡县皆设义冢,收埋遗弃骸骨,勿使暴露。独峡口一隅,官系新设,未有章程。余之任后,捐俸购地,详请豁赋②,永为义冢。今十馀年来,掩埋无数,大半俱属异乡,深为可悯。余曾为文致祭,兹附录之。

① 黎元：百姓。

② 豁赋：豁免税赋。

附 祭义冢文

　　乾隆十二年岁次丁卯二月二十六日，节届清明，致祭于公冢幽魂之灵曰：呜呼！夫生死，命也；修短，数也。仍不足怪，又何痛也？世之所谓无祀孤魂者，诚可叹息。然有子继父之志，能孝悌，善守成，贫则不辱祖先，富则不矜乡党，庶为吾子，诚可惜也。若游荡无藉，不学业，不务本，或习成凶顽而败坏名节，或流入匪类而辱没家声，均非吾子，乌足道哉！余莅是邦，创建此冢，收埋骸骨。汝等幽魂，或有后而经商他郡，不得一省荒丘；或无子以寂居于此，历久乏祀，深为可悯。是仁人君子所不忍闻也。余数年以来，奔走不暇，未尝及此。今苟得息，恻然动念，乃具香楮絮酒之仪①，亲加抚视，不独用慰泉台羽化之灵，亦将有望于世之祈福求寿者咸以仁为本也。尚飨！

　　① 香楮(chǔ)：祭鬼神用的香和纸钱。楮，树木名，叶似桑，可造纸。　絮酒：祭奠用的酒。典出《后汉书·徐稺传》李贤注引谢承《后汉书》文。徐稺听到友人去世，在家预先炙烤好一只鸡，又用一两绵絮渍酒中，晒干后裹在鸡身上。远赴墓地，以水渍绵，使有酒气，然后摆放好米饭和鸡，洒酒以祭。

殄讼师①，逐衙蠹②，庶无构衅吓诈之虞。

　　驾词构衅，讼师之长技也。甚有包揽呈状，妄断输赢，纠通衙蠹，吓诈愚民。一堕术中，祸害百出，不独民困

难苏,而官声亦被其污灭矣。所以讼师不可不殄,衙蠹不
可不逐也。

① 殄讼师:参见卷五《仕宦部·明职·州县》篇注。
② 衙蠹:参见卷五《仕宦部·明职·州县》篇注。

究赌窝,清盗贼,自有靖地安民之乐。

　　赌近盗,所以弭盗无不禁赌①,禁赌必须究窝。盖赌
非窝不能聚众,无宵无旦,失业废时。初以银钱争斗输
赢,继而衣帽哀求典押。甚有弃田房,鬻妻子,欲求翻本,
反致失陷,遂至家私倾尽,孑然一身。其昏庸之性沉酣不
醒,穷思极想,渐入匪类。虽其自投罗网,然为民父母者,
亦未免教化之不早也。

① 弭盗:平息盗贼。弭,止息。

诫子弟招摇。

　　随任子弟竭力事亲、实心勤职者固多①,而浮华矜夸
之辈未尝罕。有堕亲朋之诱,惑奴仆之言,营私隐射,倚
势妄为。即有知觉,未免溺爱,巧于弥缝②,自必益肆无忌
矣。噫,民何以堪邪!

① 随任:指长辈赴外地做官,携带家眷晚辈一起在衙署生活。
勷:古同"襄",辅助。
② 弥缝:弥补缝合。此指设法掩饰不法行为。弥原作"祢",误,据
文意改。

禁奴仆撞骗。

　　大凡得一官，无不收受长随，甚有多至数十人。此中
虽有能事者，然其来，不过贪图财物。本官如一疏忽，或
被窃语言，遂乘机撞骗，或勾通衙蠹，即藉端需索，所以败
坏公事，污玷官声，往往启于若辈[1]，不可不知也。

　　[1] 若辈：这些人，这等人。

宅门系咽喉之地，防范宜严。

　　事无巨细，必由宅门出入，所以防范不得不严，用人
不可不慎。如一误用匪人，小则隐瞒家主，需索陋规，捺
卖差票[1]，不遵约束；大则纠合胥役，饮酒宿娼，赌钱放债，
遇事生风，藉端滋弊，罔顾法纪。及至事败，悉推卸伊主，
反得逍遥局外。其为祸害，何可胜言者哉！

　　[1] 差票：旧时地方官派差役传人的凭证。

印篆为官职之凭[1]，收藏须慎。

　　经管印务，以诚实不苟、亲信不疑者乃可。否则恐有
串通宅门，窃印税契、执照等弊。不发觉则已，如一发觉，
或因盗买，或系假捻，犹恐被告临审白契难凭[2]，又不敢彰
明投税，于是私求盖印。此皆就其小者而言。至有关系
重大如出洋米粒盗贼船只滥给执照，其咎何辞邪？可知
印信之宜慎藏也。

① 印篆：此指官印。

② 白契：旧时不动产买卖、典当的契约，未向官府交税加盖官印的称为白契，已纳税加盖官印的称红契。

声名启于学校，岂可不兴。

吾朝重道崇儒，广开仕进之路。制科取士犹恐收录未尽，又奉诏求隐贤，特拔鸿博①。应试者俱给盘费，下第者亦邀录用。圣恩优渥至矣极矣！凡为士子，正当努力自爱，博一出身，以期报效。然为牧令者，亦应造就人材，振兴学校，以仰副国家崇尚斯文之至意②，毋使堕误学业，而致颓败文风也。

余昔代庖崇德邑篆时，有一生，年甫十三，每届征粮，即求宽限，具诉伊父家贫远馆③，乞俟回日，计以脩脯完公。余将允所请，又念其膏火无赀④，遂捐俸代偿。明岁，新令之任，追呼甚急。伊仍求宽，致罹朴责。该生虽不应复蹈前辙，然亦不过为贫所困。其有父母斯民之责者，自宜培植，何当剪伐邪？

① 鸿博：清代科举设博学鸿词科，简称鸿博。

② 斯文：《论语·子罕》："天之将丧斯文也，后死者不得与于斯文也。"斯，此；文，礼乐制度。后以"斯文"指文人或文化。此指文化。

③ 馆：旧指教学的地方。这里用作动词，指教书。

④ 膏火：灯火。膏，灯油。夜间工作、学习所需。此指学费。

邦本系于黎民，何当不惜？

民为邦本，爱民正所以报国也。毋纵役殃民，滥差滋扰；毋假公济私，藉端搜括。能解民厄，能救民饥；能苏民困，能活民生。一事行，民受其益；一言立，民获其安。于理无伤，可从民便；于法无碍，应任民情。如此，民无不得其所，政亦自此而简。将见太平气象熙熙攘攘、日异时新矣。

教之种柳栽桑，使其垦荒力熟。

种柳不无小补，栽桑实属大源，为政所不可忽也。吾朝首重农功。一凡力田老农，例得邀恩赏给，冠带荣身。至春作方兴之际，有司奉文，以酒食劝慰及时耕耘，所需公费，悉允请销。其为守土之臣者，自应宣上德意，教民耕种，毋致失时旷业，务使垦荒而成熟，力熟以登丰。噫，农之为功大矣！

施药以济疴，禁巫以免惑。

本朝惠养元元①，无微不到。夏秋之间，暑湿侵染，贫民恐致疾病。各宪仰体圣心，饬令有司制药济施，入于备公项下开销，自应实力奉行，不可丝毫假借也。

巫之为鬼为蜮，搧惑于人②。愚夫愚妇一堕术中，不独销耗钱财，甚有难以测度之事。如衢属一旧家，有子性本凶暴，不和乡党，忽患疯癫之症，医药莫效。因招巫者，惑其所言，即捆缚病人，赤体，寸丝尺布不容遮盖。煮成一锅滚油，巫者捻诀念咒，以帚蘸洒之，任意捣鬼，直至油尽乃已，烧得皮焦肉脱，身无完肤。是谓驱邪，见者不忍。

及解其缚,置于床上,气已绝矣。巫者闻之,立时远飏,追无踪影。被害之家尚谓邪甚难除,致不得命,并不疑其妄诞也。嗟嗟,其不惑哉! 不可不禁矣。

① 元元:老百姓。
② 搧惑:煽惑,煽动诱惑。

栽培忠信之士,旌奖节孝之家。

十室之邑,必有忠信。可知悃愊无华①、困穷不遇者多矣。此皆守土之臣不能作养人材,仰承圣主好贤礼士之盛心,致使滞迹山林,不能大展其才,见用于世,直与草木同腐,宁不惜哉!

世俗相尚浮华,不喜诚实,往往以舌辩为能。其胸虽有抱负不凡,而口又未能以言语形容者,人皆屏弃;如口若悬河,而胸无实济,人亦莫不景仰。又相貌魁梧,本是没字碑②,偏启人敬;形容枯瘦,即系大器,人亦必致小觑。噫,为士之难如此,可不伤哉! 如其采择,能不拘执而效时俗,幸矣!

仪表言谈,亦一可取。然貌虽丰而皆酒肉之气,舌虽利而尽市井之谈,乌足为士邪? 又何可取也?

酒肉之气、市井之谈虽无足取,然较之生性卑污,行事丑陋,迎合邀荣,趋跄幸进者,又觉有霄壤之悬矣。选士之法,大都"言直气壮,定是端方;言温气和,必然知识",此不易之论也。

旌奖节孝,国家之盛典也。无论富贵贫贱,一体施行,既不得冒滥,亦不可故遗。往往有力之家易于得手,无力之人未免留难阻滞。其中或有压捺需索之弊。如此陋习,何可不除? 当查禁之。

① 悃愊(kǔn bì)无华:诚恳朴实,不浮华。
② 没字碑:比喻虚有仪表而胸无点墨的人。

恩恤于衰老之辈,仁施于残疾之人。

　　年届耄耋,天子尚加优恤,为仕宦者,宁可不仰承德意? 即遇讼事牵连,亦当原其情罪,可释则释,勿致过于苛求也。

　　残疾之人,本不加刑,自应恪遵办理。勿使暴戾之气,辄行鞭朴,以示威严。此岂仁人君子之所为邪?

仓谷丰盈,尚虑荒年乏食;市廛稠密,须防失火沿烧。

　　州县设有仓谷,以备荒歉。无如生齿浩繁①,即系丰收年岁,亦无盖藏②;一至青黄不接之时,贫民必致乏食。幸邀恩例,乃得减价平粜官谷,聊免米珠之叹③。但官谷无几,何能遍及? 往往就于城市塞责,不能更费脚力运动,至山乡僻壤均沾实惠。余之愚见,似可令贤能州县,于大有之年④,各就其地劝捐升合,即于里中择一良善可托之人收贮。如遇昂贵时,公同议减价值,出陈易新,勿致阙乏。若此不独米价易平,即遇荒歉之岁,亦免周章拮据。其非大利于民之政欤?

　　民居稠密,难免火烛之患。虽州县设有救火器具,而各家门外蓄水一缸,以防不测,法至备矣;然一遇风势猛烈，无所底止。莫如令民于造屋时，或三家，或五舍，拔空一弄，既便运水，又易施力，庶不致有沿烧之虞矣。

① 生齿：古时将已经生长出乳齿的男女载入户籍，因以"生齿"代指人口。

② 盖藏：储藏。

③ 米珠：米价贵得像珍珠。

④ 大有：大丰收。

平可省之刑，兴有益之利。

刑者，所以劝诫小民，使其改过而迁善也。如遇贤良，元是教养之具；倘遭凶暴，即成助虐之物。《论语》云："刑罚不中，则民无所措手足。"① 往往酷吏尚以为才，并不平心和气，听断词讼。一言不合，辄行掌嘴，甚至三木妄施②，反复推求。究竟不亏于理，何忍无辜徒受其辱邪！其斗殴角口细事，悉由一时不忍，致相讦讼。既经亲族调处，情节符合，便可允息销案。如必欲到官分其曲直，不过朴责而已。殊不知两家从此结仇，终身不解。即异日子孙③，亦有伊祖父与某人争讼受辱之玷，岂为民父母所能忍者哉？

每月朔望④，瞻礼文庙，宣讲上谕⑤，理当诚敬。且时宪书开载⑥，是日人神临于遍身⑦。如遇暴戾之员，滥行敲朴，民命攸关，奉部文以初一、初二两日为月戒，独十五日不在禁刑之列。余曾叙详，业奉大宪允行通饬⑧，今亦禁刑矣。

利者，有益必兴，无益当除也。以上数条力为行之，无往非利矣。

① 语出《论语·子路第十三》。

② 三木：古代加在犯人颈、手、足上的刑具。

③ 异日：来日，将来某一天。

④ 朔望：农历每月的初一日为朔，十五日为望。

⑤ 上谕：此指由皇帝颁布的指导百姓思想与行为规范的条例。如清康熙时颁布有《上谕十六条》，雍正时颁布有《圣谕广训》。

⑥ 时宪书：即历书。因避乾隆名讳（弘历）而改称时宪书。

⑦ 人神：古人谓人身各部皆为神所主，称人神。

⑧ 大宪：清代地方官员对总督或巡抚的称谓。　通饬：把命令发往各地。

帝君历十七世为士夫①，无非树德；周朝立八百年基业，不过施仁。

> 如欲事事皆效帝君所为，又谓余之迂阔也。维谨守勿犯"虐民酷吏"四字②，其为政自和矣。然而恭逢大圣人治世，以仁立极，以德泽民；光天化日之下，虽有鬼蜮伎俩，亦无可施，不若决意去做个好官为上也。

① 帝君：旧时对神中位尊者的尊称。此指文昌帝君，民间和道教尊奉的掌管士人功名禄位的神祇。

② 虐民酷吏：虐待百姓，残酷地对待衙署中的小吏。语出《文昌帝君阴骘文》："吾一十七世为士大夫身，未尝虐民酷吏。"

仁爱相兼，始可寄于民社；清勤自矢，庶无玷于官箴也。

> 立心仁恕，操守清廉，始可以振率官，方为亲民之任，行利民之政也。

看山阁闲笔卷七

技 艺 部

　　夫巧者，拙之奴。未闻有巧者能显达，而拙者都困穷。其故何也？人禀天地阴阳二气而生，气清则巧，气浊则拙。清虽巧，而受生之质元微，似玉如冰，纤尘莫染；拙固浊，而感触之形颇厚，犹烟若雾，万象混容。天地虽喜清宁，阴阳实怕懵懂。所以拙能胜巧，巧不如拙也。何技艺之误人一至此哉？曰否。天地，逆旅也①；富贵，浮云也。人生有几？徒自汲汲营营，图显达而畏困穷，遂致改易本来面目，而忘立言为法之初心，无德无能，不知不识，独尚愚蠢鄙俗，何以通达前贤之苦心，指示后世之好学者邪？则知人之技艺，不可无也。必求精巧，勿效迂拙。学一技，当穷其技之工而后已；守一艺，定擅其艺之美以方休。夺天之巧，补人之拙，小则可以济人衣食，大则可以活人性命，行之当时，垂于后世，功莫大焉。何忍图显达、畏困穷，执一己之见，绝万世之利邪？噫，但知巧是拙奴，不知拙以巧为师也。

　　① 逆旅：客舍，旅店。

医

　　夫医者，意也①。意不能到，则法不随；法不能随，则医不效。医不能效，即意不到也；如欲医效，必先意到，全在多读书耳。然读书多，又在临症多也。临症多，亦必按天时，随机变，详风土，察气质，通心性，审根源，勿迂拙，勿强识，勿狂怪，勿伸缩。人使技，勿以技使人；药治病，勿以病治药。得一分病，作十分医。进一步思，退一步想，谨慎详密，则意无不到，法无不随，医无不效矣。噫，生死天命也。启死回生，固所难也。若就医而论，莫贵于先求意矣。

① "夫医"二句：唐孙思邈《备急千金要方》卷一："张仲景曰：欲疗诸病，当先以汤荡涤五脏六腑，……能参合而行之者，可谓上工。故曰：'医者，意也。'"

按天时

望、闻、问、切，医家之要诀也。望知者，谓神；望其色而知病；闻知者，谓圣，闻其音而知病；问知者，谓工，问其欲而知病；切知者，谓巧，切其脉而知病。然四时之色既有不同，四季之脉亦有各异。四时之色曰青、赤、白、玄。如春属木，其色青；夏属火，其色赤；秋属金，其色白；冬属水，其色玄。维色黄为中央之土，四时常见者也。四季之脉曰弦、钩、毛、石。如春脉弦者肝，东方木也；夏脉钩者心，南方火也；秋脉毛者肺，西方金也；冬脉石者肾，北方水也；四季脉迟缓者脾，中央土也。流年既与五行有生克之殊，按季又与六脉有刚柔之别①。其谓望者，务须顺天时而察形色，合气候而平人脉，欲求其病之根源，虽不中，不远矣。

① 刚柔：原作"钢柔"，据文意改。按，后文《通心性》篇亦作"刚柔"。

随机变

神而明之，是谓机也；化而裁之，是谓变也。前贤虽示有病名药引，其本重乎合四时，配五行，辨颜色，度呼吸，分地之南北，审人之盈虚，而后用药治病也。然于中又有随机应变之处。如上世淳厚，今俗浇漓，千古上下风土不殊，而药石之性与古所产亦有大同小异之别，必须增删配搭，调剂得宜。所谓意到则机随，法备则变通矣。今之为医者，不合四时，不配五行，虽辨颜色而不知时令，即度呼吸而不顾生克，不分南北之区，不审盈虚之体，胡猜瞎撞，乱投参、连①，勿以药治病，而以病试药矣。嗟嗟，庸医杀人正不少也！

① 参连：人参和黄连。人参甘温大补；黄连性大寒，泻火。代指性烈的药物。

详风土

夫风土者，既有南北之分，又有水陆之异，更有古今之别，犹有寒暑之殊，不可不细加详察也。如南方地势卑湿，人亦柔弱而多疟痢之症；北路风气高烈，人亦强健而鲜疮疥之疾。又如生长水乡，不患潮湿；世居陆地，何畏炎蒸？所谓南人乘舟，北人乘马，盖由习惯于风土也。又如古质淳厚，本服仁义之丹；今俗浇漓，自投克伐之剂①。为良医者随境而生情，因人而施力，似可变通时局，不必拘执古法也。又如南方和暖，北地严寒，人皆知之，然南方间遇苦寒，北地亦有酷热，此本天时偶异，虚弱之人寒凝热结，易于成病，要知不过一时感触，非患沉疴者可比②,所以必须参用之于风土也。

① 克伐之剂:中医指性猛伤元的攻破消导方剂。此喻戕害身体的
行为和习惯。
② 沉疴:重病。

察气质

气质厚者,不轻患病,服淡味而不觉其效;气质弱者,常易
感邪,投重剂而难获其安。凡当用药石之重轻,必先察气质之
虚实也。

通心性

人之心性不同,有好恶之心,有刚柔之性,有贪廉之心,有
贵贱之性。于望、闻、问、切间,如果能知其心,识其性,而后用
药治之,无不神效矣。所谓医者,意也。此即意之所到也。

审根源

凡医疾病,必先求其致病之由,审其受生之质。此所谓根
源也。譬如树木根伤,何能永茂?江湖源塞,安得长流?务要
细心切视,用意推评。既得病由,又知人质,当熟思何法以拔
其根,清其源,能寿于生民者,庶不负学医之本愿也。至若不
审根源,乱投药石,一遇先天不足、后天有亏者,立见祸害,可
不慎哉!所以必须顾根本而清源流也。

勿迂拙勿强识

既不可迂而致误,又何堪强以为知?孟子曰:"尽信书,则

不如无书。"①虽目穷二酉②，未敢偏执一见。盖于详审精密间，而仍有圆融通变之道也。至若强为知识，妄想医人，不肯虚衷推询，一味自作聪明，此即阎王所差勾司人也③。病者算尽则当④，遇之断无生理矣。所以俗语云："做到老，学到老。"如其做不来，即是学不到，何可强识而自误邪？

① "尽信"二句：语出《孟子·尽心章下》。
② 二酉：丰富的藏书。详见卷三《文学部》注。
③ 勾司人：迷信谓阴间勾取人魂魄的鬼差。
④ 算尽：寿尽。算，寿数。

勿狂怪勿伸缩

无恒者不可为医，其狂悖怪异之性，岂可为医者邪？然有恒者未必狂悖怪异，则知狂悖怪异诚不可以为医者明矣。知欲为医，必先痛除狂悖怪异之性。勿排谤人短，靡持己长①；勿辄作浮言，致拂正论。庶不以无恒者比，可参究岐黄之学矣②。世人病症有难治、不难治之分，易识、不易识之别。如识得透，即可医，则力任之；治不来，即不识，则明言之。既不可执一己之见，又何堪持两可之说延挨贻误？是谓勿伸缩也。

① 靡：无，不。
② 岐黄之学：医学。岐黄，岐伯和黄帝，相传为医家之祖，因以代指医术。

医之一道，虽属小技，岂易为者邪？亘古及今，善医者能有几人？如卢医扁鹊、董奉、华佗之流①，此皆天生异人，非一身凡骨所能与之比较也。且有关于阴骘。古人云："仁者寿。"则知不仁,安得向寿? 既不能寿己,又何能寿人? 不能寿人,悉由不能寿己;如能寿己,必能寿人;不能寿己,即是不仁,亦不能寿人也。所学堕于不仁之手,致有迂阔粗疏、狂悖怪异,以病试药,以命试技,不知阴骘已亏,所以医之非易学也。笑语云:有一医,无人延请,乃出奇思,购得一山木植,遂改其招牌曰:"精理大小方脉,兼办后事。"其门如市。不数月,一山木植俱完②,维剩一不成材之曲木。乃撤去招牌,静坐在家。忽有求医者,叩门甚急,启而视之,一佗子也③。因惊喜曰:"子必看想吾所剩之曲木邪?"④当即奉承呵呵。词虽近俗,颇得其情。甚矣,医之难学也! 然又有云:秀才学医,如菜作虀。则知元非难事。但恐于望、闻、问、切四字之中,或望之不真,闻之不实,问之不当,切之不到,差之毫厘,失之千里。且人之精神有限,名时者日医数十人,岂无一错? 若此,虽易学,而究不可学也。不独不可学,而求医者亦当谨慎访求,如难其人⑤,宁可不治,而自得中医也⑥。

① 卢医:战国时名医扁鹊家于卢国,因又称卢医。后也泛称良医为卢医。 扁鹊:战国时医学家。原名秦越人,齐国渤海郑(今河北任丘)人,一说齐国卢邑(今山东长清)人。擅长各科,创立了中医切脉诊断法。因其医术高超,被称为神医。 董奉:字君异,侯官(今福建长乐)人。东汉建安时期名医,与华佗齐名。 华佗:字元化,东汉末沛国谯(今安徽亳州)人。精于方药、针灸及外科手术。又仿效虎、鹿、熊、猿、鸟的动作编为"五禽戏",用以锻炼身体。与董奉、张仲景(张机)并称为"建安三神医"。

② "一山"句:谓整座山上的树木都用光了。言外之意病人都被他治死,山上的树木都被砍伐而做成棺材了。

③ 佗子：驼背。佗同"驼"。

④ 看想：看中。吴方言。

⑤ 难其人：难以找到合适的人。

⑥ 中（zhòng）医：符合医理。

卜

占卜一道，元属大贤之学，幽微奥妙，非流俗所能窥测其浅深也。既不能窥测其幽微奥妙之处，则效君平垂帘卖卜者①，宁非欺世盗名邪？其卜之，即或苟有应验，亦不过偶然遇合，岂可以真有学问者比哉？盖由是道不独在于学问，大有关于人品。如人品端方，心胸正直，至诚至敬，庶几可以格天垂象②，而得参究占卜之功，与世论趋吉避凶矣。

① 君平：严君平，名遵，蜀郡成都（今四川成都）人。西汉道家学者。以卜筮为业，日得百钱，足以自养，便关闭店门，放下帘子，研读《老子》。一生未做官，卒年九十馀。

② 格天：感通上天。　垂象：显示（预示人间祸福吉凶的）征兆。

敦 品

人既端方，道复高妙，诚意卜之，无不神效。盖道本因人而重，人与道称媲美焉。至若质本平庸，学又疏浅，其学亦由质而轻，质与学为皆俗矣。所以须敦品也。

至 诚

夫占卜之学者，穷阴阳之奥妙·参天地之灵机，何可亵视而不诚也？当屏弃一切好恶之念，直展抒五中敬畏之心①，自然感格天人，有求必应矣。

既能敦品，又得至诚，占卜之学何虑不成？然吾命在天，吉凶前定，卜之又何谓邪？且此一道有阴阳相感之理，有鬼神不测之机，幽微杳渺，非一身凡骨所能参究其渊源根底也。

① 五中：五脏。此指内心。

星

夫世有市五行之术者，辄为子平①。而子平三篇②，究未拜见。即熟读三篇，亦不过仅窥其肤廓，何能深得其心思？兼之世人但尚求福，不喜问灾，未免粉饰铅华，博人喜悦，大失前贤指南之本意。至若以星学为谬言，则四时八节、寒热气候，人又何能算定毫无参错邪？可知推算一道，非欺世之术也。然子平虽著三篇，其玄通奥妙，窃恐一身凡骨，不易参悟。人之衰旺随时，判断何能得中？噫，非无是术，实无是人。岂子平之妄诞，而五星不足以凭验哉！

① 子平：徐子平，名居易，北宋人，隐居华山。精于星术，发明八字算命法，后世术士宗之。 为：通"谓"。
② 子平三篇：指《定真论》、《喜忌篇》、《继善篇》。

合准生辰

术者虽不能深得子平三篇之妙诀，然约略可见，亦不致大相径庭。其故在生辰错误不自知觉，竟为是学之伪也。所以必先推定生辰，如父母存没，子女有无，此皆人之大纲。合其生辰毫无错误，而后再按五星宫度，细论流年行运[①]、人之衰旺，虽不中，不远矣[②]。无如世俗犹恐星家窥探，往往含糊答应，不肯明言。不思生辰一错，大局皆非，岂推算之谬邪？所以必须合其生辰也。

① "五星"二句：意谓星命术士以人的生辰所值五星之位来推算命运。五星，指水星、金星、火星、木星、土星五颗行星，古人通常称为辰星、太白、荧惑、岁星、镇星。宫度，古代历法以周天为三百六十度，其十二分之一，即三十度为一宫。 论：原作"轮"，误，据文意改。

② "虽不中"二句：语出《礼记·大学第四十二》："心诚求之，虽不中，不远矣。"意谓即使不能完全符合，也相差不远了。

检定通书

星家所用《溪口通书》[①]，以为校订无讹，然翻刻数次，其鲁鱼亥豕之病正不少也[②]。如误他字，不过意义未符；若时刻一错，徒费工夫，全无影响。所谓差之毫厘，失之千里。此皆《通书》检点未真之故。又不得亦为生辰不准之误也。宜遵《钦定万年宝书》参酌精详[③]，庶不致大失局面矣。

① 《溪口通书》：民间所编历书。

② 鲁鱼亥豕：晋葛洪《抱朴子》："谚云：'书三写，鱼成鲁，帝成虎。'"《吕氏春秋·察传》："有读史记者曰：'晋师三豕涉河。'子夏曰：'非也，是己亥也。夫"己"与"三"相似，"豕"与"亥"相似。'至于晋而问之，则

曰：'晋师己亥涉河也。'"后因以鲁鱼亥豕比喻文字在抄写、刊刻过程中发生的错误。

③《钦定万年宝书》：指朝廷钦定的万年历书。　酌：原作"钓"，误，据文意改。

识得透则直言

君子问灾不问福，何避讳之有邪？夫世之星家莫不鉴貌辨色，察言度行，必致投其所好，未免粉饰铺张，博人欢悦。此虽庸碌之流，固不足道，然世俗相沿，即深知五行①，亦何苦使其嗔怪。又曰："算命不说好，命钱何处讨？"不得不高抬声价，以合时宜。于是非富即贵，高寿厚福，极口称颂，并未闻有一贫贱寿夭者。人之祸患未必能知，即稍有知，维恐获罪，亦不敢言。噫，非五星之不验、推排之无工，悉由世好迎合，而深恶鲠直也。以五行之术，决人衰旺，不过指一迷途，使其趋吉避凶。若此，则吉既趋之无效，而凶又何凭以避之邪？所以识得透，不妨直道其详，勿畏缩隐讳，勿随俗铺张。子平之道可知不远矣。

① 五行：本指金、木、水、火、土，中国古代称构成各种物质的五种元素。古人以此来说明宇宙万物的起源和各种变化。旧时星相家以五行相克推算命运，故此处即以五行代指占卜术。

学未到勿强论

流年行运所在五星宫度，往往以吉星为吉，凶星为凶。独不思虽吉星，竟有无可御凶星之凶；即凶星，亦有不能伤吉星之吉。其故有帮身，有助煞①，度有恩难，格有真伪。如欲得阴阳之道，总不出生克之理也。今之星家，本无实济，勿怪其胡猜瞎撞,辄以富贵利欲搧惑于人,博其数钱作糊口之计,不过取一时耳根热闹,何必问久后之有无凭验邪？间或稍有知识者②,不自揣度,学尚未到,一味摇唇鼓舌,强为言辩,本欲高抬声价,而不知反自形其丑也。

① 煞：凶邪。
② 稍：原作"梢",误,据文意改。

相

识相者,亦当知其心。心为身之主宰,动弹自随。所以有蕴于中,必形诸外也。居心温良,其容必端而谨,其气应善而良；居心刻薄,其状定粗而浊,其色当晦而滞。居心忠正,自超乎俗；居心卑鄙,常陟于邪。居心仁恕,犹在湛露春风之畔,而得如兰如蕙之芳；居心奸险,不出獐头鼠目之间,而流若蝎若蛇之毒。昔人有云："为人莫识相,识相便轻人。"则知相仍不可识也。人生世上,闲闲混混,何能淘洗得清净？且自懵懂过去,有不知不觉得了无穷的福利,又有不明不白受了许多的磨折。揆之于命①,合之于相,固难逃也。然而相又有不可为凭者。及至有心把相来揣摹,命去推算,未必验,亦未必全验。虽具封侯之骨、拜相之材,只可听其自然。若以奇货可居,而不修养此心,栽培元气,一味妄作匪为,不信竟可安享富贵而无礙于天理乎？即使相已生成,命亦分定,必无更易,安知不遗祸于子孙乎？若此应未观其相,先试其心也。所谓相由心转,心善则相随,心不善则相亦能改。其识相者,当知其心。然既知其心,则富贵贫贱、穷通寿夭似可立决,又何必识其相也。

① 揆(kuí):测度,推测。

骨 格

骨格为一世之荣枯,所以五岳是根基也①。清秀高隆,虽因穷而终当显达;粗疏阙陷,即豪富而久必单寒。峥嵘若岱②,福寿双全;参错如柴,贫夭相继。此风鉴第一层工夫③,亦初入法门之秘诀也。

① 五岳:相术将人面部的五个部分视为中国五大名山,即将额头视为南岳衡山,下巴视为北岳恒山,鼻子视为中岳嵩山,左右两颧骨中二府处分别视为西岳华山和东岳泰山。相术认为人之五岳越高大越好。
② 岱:泰山的别称。
③ 风鉴:相面术。

气 色

气色定行年之休咎。光华明润,红黄之气为佳;昏暗空濛,青黑之色少吉。然须按天时,察地理,分阴阳,辨生克。如天时有寒暑升降之不齐,地理有南北气候之各别,阴阳有隐显浮沉之异殊,生克有帮扶助虐之无定。噫,其幽微奥妙之处,但可意会而不可言传也。

隐 显

相有隐显。显者易知,隐者难见。如洞中之珠,石中之玉,是隐而非显也。然有诸内,必形诸外。大凡人有一分德,即有一分相。其有德者,容必良善;无德者,形定鄙俗。以此揣摩,百不失一矣。

德 器

上相之士不相身。其相之善者,不离形,不拘法,视于无形,听于无声,是度德而论器,观器而知德也。人面兽心,终成俗子;人心兽面,岂是凡材?所谓相逐心生,其非然欤?

看山阁闲笔卷八

技 艺 部

夫技艺者,大则可以济世活人,小则可以怡心悦目。如医、卜、星相之流,皆能济世活人;儛絙飞竿之戏[①],亦得怡心悦目。至其黼黻皇猷[②],赞襄机密[③],乃国士之技艺也;宣扬德意,歌咏太平,乃词臣之技艺也;立言卓越,制作出群,乃高贤之技艺也;起死回生,避凶趋吉,乃仁者之技艺也;养气修身,安贫乐道,乃君子之技艺也;劳形委体[④],求利营生,乃小人之技艺也。技艺既不相同,人品亦各有异。可知有是人,自有是技;非其人,亦非其艺矣。然亦须专一钻研穷究,必待精进有成而后已。大则何虑无济世活人之功,小则自能有怡心悦目之力。所以人之技艺不可不学也。但必能于参悟,善于变通;既要虚衷,犹须好古。勿效不识不知之乳臭小儿,朝学暮夸,徒使人所鄙耳。

---

① 儛絙(gēng):即走索,古代一种杂技。儛,同"舞";絙,粗大的绳索。汉张衡《西京赋》:"走索上而相逢。"唐李善注:"索上,长绳系两头于梁,举其中央,两人各从一头上,交相度,所谓儛絙也。" 飞竿:古代爬竿杂技。明叶子奇《草木子》曰:"元立教坊司,掌天下伎乐,有驾前承应杂戏飞竿走索、踢弄藏橛等伎。"

② 黼黻(fǔ fú)皇猷:意谓辅佐朝廷。黼黻,礼服上华美的花纹,引申为"使华美"义,又引申为辅佐。皇猷,帝王的谋略。皇,原作"勋",误,

据文意改。

　③ 赞襄：辅助。　机密：此指朝廷掌管机要大事的部门。

　④ 劳形委体：使身体劳累疲乏。委，委顿困乏。

天　时

　　春生秋杀，夏热冬寒，此天地自然之至理，古今无间之深情也。顺时则吉，逆时则凶。时有顺逆之殊，气有正邪之别。如日丽风甜，天之正气也，感之不觉，融和调阳①，大地皆春，无物不利；疾风暴雨，天之邪气也，触之自必悚栗旁皇，万象失色，随时为殃。然此正邪之气，犹所谓生杀之气，亦天道之所宜有者，又何足为怪也？维非其令而行之，及其时而拗之，非灾即祥，所当见矣。此皆上天垂示于人，而人岂可尚自昏迷，不思儆惕哉？

　① 调阳：调理阳气。按，调阳，疑当作"调畅"，谓调和舒畅。

日月星辰

　　日月有合璧之祥，星辰有联珠之瑞。又有日蚀星变之为灾。乃知上天垂象，历历可考者也。但日月往来，犹如磨转，昼夜不息。日为阳光，故见于昼；月为阴精，当明于夜。按之度刻，预能算定循环交接之候，如人行于道，上下掩映，致失其光，似乎相蚀，遂有救护之议。窃谓既蚀，则又安得渐吐而复圆？其亦人力所能挽回者邪？然相沿已久，只可从其事矣。至上天列宿常应灾祥①，古人言之已详，兹不复赘。维往往于名胜之地，见诸所谓落星石者②，真邪？假邪？盖因《中庸》有曰："日月星辰系焉。"致有落星之说。及观之,乃一顽石也。呜呼,不意星辰亦俱是顽梗之物,固不可解矣。

① 上天列宿:天上众星宿。　应灾祥:感应祸福吉凶并显示其征兆。

② 落星石:天上落下的陨石。

云霞雾露

庆云见于天心,堪为奇瑞;甘露降于庭畔,应是佳祥。霞明似锦,可以卜晴;雾重如烟,必然得雨。盖夫云霞雾露,均属山川河岳熏蒸之气。气结成云,云散为霞;气凝成雾,雾滞为露。然而山川河岳又禀春夏秋冬寒热之气。春气融和,云如絮而霞如绮,自必晴明;雾若烟而露若膏,定然阴雨。夏气炎烈,云有奇峰,霞饶文锦,雾蒸溽暑,露拂南熏①。秋气高爽,云弄巧而霞吐彩,雾含风而露生凉。冬气聚敛,云轻霞薄,风日并美,雾凝露结,霜雪交荣。此即是山川河岳熏蒸之气,乃得吐露于春夏秋冬寒暑之气,而非春夏秋冬寒暑之气,不能舒发其山川河岳熏蒸之气也。顺时则祥,逆时则殃。上天垂象②,昭然可鉴,所以谓云霞雾露之明晦相应乎春夏秋冬之令节。察时审气,推情合理,实有关于人事之盛衰也。

① 南熏:南风。《南风》歌:"南风之薰兮,可以解吾民之愠兮。"

② 垂象:参见卷七《技艺部·卜》注。

雷电虹霓

雷电是发舒天地郁结之气,虹霓乃喷吐山海晴明之色。

夏秋之间,炎威燻炙,诸气凝滞,不能调达,会于一处,闭极忽开,遂有其声,是谓之雷。其一股猛烈之势乘风而动,随雨而寂,陡然光霁,而见虹霓之横彩也。悉由气之郁结而忽舒泄,致有声耳。如火炮然,入药空松,其声则哑;坚实,其声则洪。物相感触,必有所伤。世人相沿,谓有雷公电母相殛之事①,盖因愚夫愚妇惑于鬼神之道而遂有此说也。不知究系阴阳之气相聚交攻,裂而闻声,乃为雷也;散而垂彩,即是虹也。千变万化,无非一气。气有顺逆、正邪之各异,又有寒热、令节之不同。应时而动,谓之顺;非时而行,谓之逆。气顺则正,气逆则邪。春之惊蛰前一闻雷声,必致阴湿累月,不得晴干。盖因春气融和,不宜发泄太早故耳。至于夏秋之间,是其当令,能解炎暑而除疫疠,可扫蒸湿而启晴明,功莫大焉。维冬乃聚敛之时,不可见闻也。所以谓有顺逆、正邪之气,又有寒热、令节之气。相生相克,有呼有应,总属阴阳二气同归于一气也。可知雷电乃是郁结之气发舒,而虹霓不过晴明之气喷吐耳。噫,其谓气也,壮矣哉!

① 殛(jí):杀。

风雨霜雪

及时风雨,信是佳祥;当令雪霜,堪为奇瑞。夫风者,天地之呼吸气也,无影无形,无踪无迹,兴波涛而得势,依林木以为声。亦有时令、邪正之分,应其时令则正,非其时令则邪。所以春遇东风,晴;西风,雨。夏遇南风,晴;北风,雨。秋遇西风,晴;东风,雨。冬遇北风,晴;南风,雨。时令一移,雨晴各别。又春多西风,则雾;夏多东风,则热;秋多北风,则凉;冬多南风,则雪。无不验也。雨者,天地之熏蒸气也。地气发,天不应,则为雾,雾散即为雨。总由物之蒸而成气,气之溢而覆物者也。夫雨之为气,乃四序寒暑交凝,随时感发,故雨有大小,而气亦有重轻也。如一蒸笼,气水上沿,散而成沥。夏有炎熏之气,冬有湿蒸之气,一热一寒,相为表里,皆二气之熏蒸而作雨也。夏天当热,凉则不晴;冬天应寒,暖则必雨。所以南风三日,定有大雪,岂虚妄之言邪?霜者,天地之清凉气也;雪者,天地之严肃气也。阳气散而为雨露,雨露结而为霜雪。霜降于秋杪,能驱烦暑而豁新凉;雪骤于腊中,可杀诸毒而获丰兆。其清凉严肃之气顺时而动,莫不利焉。盖夫阴阳之象,气虚为风,气溢为雨,气凝为霜,气冻为雪。噫,气之为用博也厚也,浩然沛然,何可胜言者哉!

地　　理

地理之学①,似易而实难也。前贤究心于斯道者多矣。其说不一,悉宗之于《海角经》②,通达玄奥,非妄诞之语也。然幽微灵异,变幻莫测。总之,有是人,必有是地;非其人,亦非其地矣。则在德与不德耳。人有一分德,即有一分相,亦必有一分地。其牛眠龙耳③,非无德者可居也。如欲强而求之,定干天谴④,自必凶煞攒聚,祸患立见矣。盖尺地寸土,前生分定,毫不能自为主张也。世人惑于堪舆⑤,迁延岁月⑥,何愚若此邪!凡葬亲者,既不得过分营求,而为人墓者,亦须量其德之浅深,示以地之高下,毋致利其财而不论其德,欺妄怪异,直使地理之术渐至不足凭验矣。往往有心营求,不得善地;无意遇合,反为佳穴⑦。此所以谓有是人，即有是地；非其人，亦非其地也。然而德与不德未能自知，即他人亦不能深悉，则观德而论地，其不大难乎？莫若随意经营，不求非分，自得暗合天心。虽有祸福，随天所降，何苦劳心费力，甘受堪舆之惑，而废地理非德不居之义？可知是术似易而实难也。

① 地理之学：此指风水术，是古代有关建筑物和墓穴选址、朝向等方面的学问。本篇主要讲墓地的选择。

②《海角经》：全名《九天玄女青囊海角经》，是古代风水典籍。

③ 牛眠龙耳：指风水特好的葬地。牛眠，典出《晋书·周光传》："陶侃微时，丁艰，将葬，家中忽失牛而不知所在。遇一老父，谓曰：'前冈见一牛眠山汙中，其地若葬，位极人臣矣。'"龙耳，典出《晋书·郭璞传》："璞尝为人葬，帝微服往观之，因问主人何以葬龙角，此法当灭族。主人曰：'郭璞云此葬龙耳，不出三年，当致天子也。'帝曰：'出天子邪？'答曰：'能致（招来）天子问耳。'"

④ 干天谴：招致上天的责罚。谴，原作"缱"，误，据文意改。

⑤ 堪舆：即风水。

⑥ 迁延：耽搁，延期。

⑦ 佳穴：风水好的墓穴。

妙在天然

地之妙者，在于原高气聚，其来龙去脉，远近相接，隐显合宜，根源不断，向背自如，清宁得境，环抱有情。出是天然之妙，而无人力雕琢之工①，始可谓得其地矣。

① 雕琢(zhuàn)：雕琢。琢，原指玉器上凸起的雕纹，引申为雕刻。

忌于雕琢

　　堪舆家往往以人力造作,凿池为印,建桥为带。又筑如太师椅及象仙鹤形者,谓可祛凶煞而迎吉神也。噫,夫人之贫贱衰落、富贵利达悉维听之天命,岂得以此区区魇镇之邪术①,而能转祸为福者哉?

　　① 魇镇:用法术镇压降伏邪祟。

地有隙风

　　平阳之地而无深涧长溪,则其中央之土温厚坚实,可无隙风之患。如近涧临溪及立峰峭壁之畔,必有巨石,年深月久,常受雨雪冲激,而沙土又经水即活,遇有毫发细缝,随水日渐溜空,遂成孔窍,风乘窍入,是谓隙风。误葬其中,仅一年,棺即朽烂,至三年,而骸骨亦皆风化矣。其可不畏哉! 此隙风之大患也。

　　桑田沧海,变迁不一。自古及今,有庐舍而为荒丘,荒丘而成坟墓者,不可胜数。此中更有填石培土,以低洼之乡作高阜之地。于内浮沙碎石纵横堆塞,本不坚实,几经风吹雨洗,渐致深通孔窍而无底止也。后人不察,以为原高土厚,营葬于此。风穿入窍,不数年,仅存空圹①。其为祸患,又何可胜言者哉!

　　① 空圹(kuàng):空坟。圹,墓穴。

地有渗漏

　　或近山泉,或临溪水,激石漱土,乘隙而入,易于渗漏。其茕茕骸骨日浸水中,苦莫过于此者。皆患其地有渗漏也。

山之有兽,水之有虫,均能钻土求穴,致有渗漏,不可不防也。

　　东家之东即西家之西,元不必拘泥执一。且人子葬亲,以入土为安;如欲强求善地,自必迁延岁月。一旦衰落,遂至暴露而不能厝①,其不自误邪?

① 厝(cuò):安置,安葬。

　　世俗葬亲,苦求善地,以作子孙显达之计。甚至昧心营谋,倚势欺占,何其愚也!《论语》曰:"死生有命,富贵在天。"则知自有前定,而不可强求矣。且人皆有父母,岂独不思其子孙显达邪?损人利己,徒伤阴骘,窃恐福未来而祸先至矣。其可不猛省哉!如堪舆者,利财助虐,其罪何辞!

匠 工

　　梓人之巧①,不出乎规矩绳墨。然规矩绳墨又在乎款式制度,款式制度更难乎收放变通。如款式不古,制度不雅,即近于俗;收放不去,变通不来,总类乎板。虽步步不失规矩,寸寸不离绳墨,未为神工鬼斧而能夺目惊奇也。所以必先画定巧思,如何款式,如何制度,如何收放,如何变通,而后循以规矩,度以绳墨,指麾众工,会合己意,何患不穷极精妙邪?

① 梓人：木工，木匠。

量　材

巨材易得而良工颇难。其难在量材规制，不致虚靡苟减。曲有曲用，直有直用，大有大用，小有小用，全在调度，毋轻弃遗。如以曲作直，以直作曲，以大作小，以小作大，既反其木性之屈昂，而又大伤构求之物力矣①。

① 构求：谋求。

鸠　工①

美玉不加琢，而未为良器；巨材非经匠，而安成大厦？所以匠工之不可忽略也。但工不在众，实难于勤。勤必钻研其事，自能会意，一切巧思奇想不独日易眼目，而精进玄奥亦必过人也。彼懒惰者，手虽忙乱，而心绝不关，徒费物力，实属无济。其法当分列等第：能以收放款式，变通制度，时兴化为古法②，旧制翻作新裁，群材受规，众工听命，得专掌其绳墨者，应为头等，工价倍焉。至执斧斤刀锯之流，不过依其绳墨而施力，洵属次等，工价减焉。如此，莫不踊跃趋事，各尽所长，穷极奇巧，虽有巨工，计日可成也。

① 鸠工：招集工匠。鸠，聚集。
② 时兴：正在流行的风尚。

款　式

款莫过于古时，淳厚朴素①，不尚浮华。今人辄求新样，反弃旧款。如新样能依旧款变通,仍不失雅。窃恐穷思极想,深雕浅刻,不脱乎"凤穿牡丹"、"万事如意"之类②,俗态可掬。噫,此之谓新样,其能不发一浩叹者哉!

① 朴素:素,原作"弃",误,据文意改。
② 指有吉祥寓意的装饰图案。

变　通

体制虽备,不能变通,未为名匠;变通虽能,不循体制,岂是良工? 夫体制系上古名贤之所制也,当从古制而化新裁,或参新裁而合古制,总以脱俗求雅为要。凡物旧则雅,新则俗;旧则朴,新则浇。所以能存古朴而不落时浇、得全雅道而不入俗流者,维在物之旧,不在物之新也。其款式愈旧愈雅,愈新愈俗。然旧款固雅,仅得识者之知;新兴虽俗,易入时人之眼。莫若以旧翻新,以俗化雅,不失体制,而变通之法得矣。

匠有大小,大则以栋梁之寄,小则以器皿之需,成万世相绳不易之规。噫,匠之为功于天下,岂浅鲜者比哉!

看山阁闲笔卷九

制　作　部

制作不必好奇，务在求雅。所谓雅者，莫妙于仿古。能以古人之心思，直吐我之幽致；能以我之意见，暗合古人之机宜。其制作之雅也，宁非仿古而得邪？又何必好奇，徒贻大方笑也！

帘

北地风高土燥，自必用帘。其他处虽曰可省，然夏多烈日，冬有严寒，致不可少；维春秋之际，去留不在一定也。夏宜竹帘，冬宜布帘。布帘之制，太觉愚拙，如一垂下，则满室皆暗，闷坐之外，一无可舒。故余于布帘之中刳去一隙①，用玻璃实之，使外不能窥内，而内觑外则洞然矣。呵呵，女娲炼石补天之法，君其参透一针邪？

① 刳（kū）：剖开，挖空。

二宜帘

是帘上下用布,夹竹丝于其中,宜冬宜夏,是为二宜。

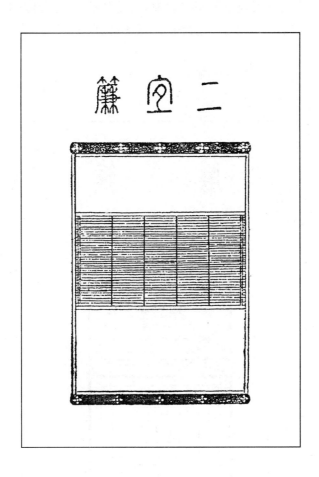

线　帘

　　线结为帘，冬夏俱宜。务令孔不须密，使受阳光。如严寒畏风，更以冰纱覆之[1]，既美其制，且受其益。夏则揭去冰纱，可纳薰风，可留明月。是为帘也，美不胜收。

　　[1] 冰纱：轻薄洁白的细绢。

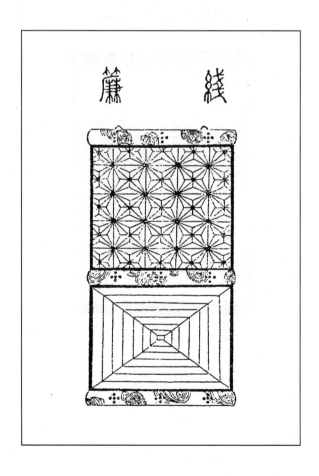

画　帘

此帘宜夏用：冰纱画梅花一枝，上下以竹夹之，垂以为帘。月斜花瘦，空洞堪思。

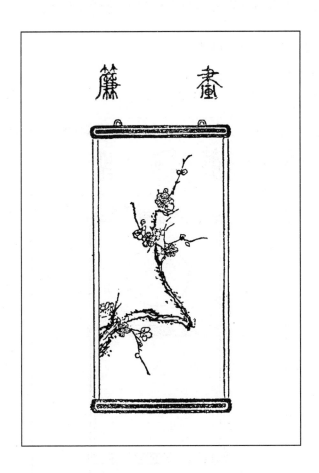

留月帘

此制为暖帘之第一妙者,以其省物力而易为之,富翁、寒士所宜共享之也。但布与缎,逐贵逐贱,各称其宜。中用羊角一块①,令作圆挖嵌之②,宛若一轮明月侵吾室庐也。

① 羊角:透明的角质材料。
② 圆挖:挖成圆形。

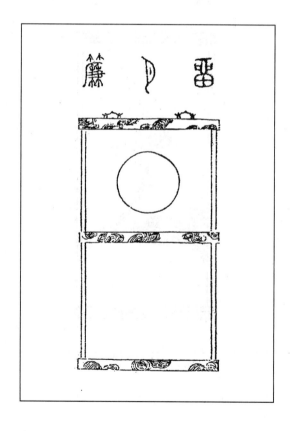

太极帘

壁间开一月洞,依洞以布镶太极图帘下之,观者亦觉一新。

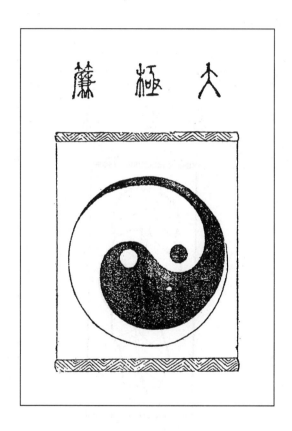

秋叶帘

如粉壁安以秋叶式之户①，必须绿缎为秋叶式之帘，方称完璧，否则不觉其妙也。

① 户：门。

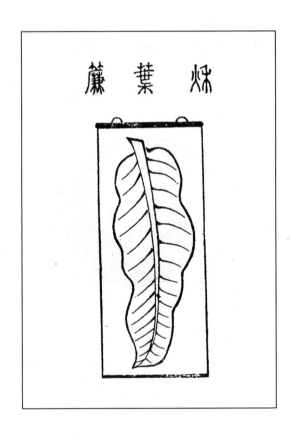

门　户

凡屋三楹,其中间门户必相对设立,殊觉可厌。间有留心求雅者,参差布置,亦不甚妥。且室中门户宜少,不宜多;宜藏,不宜露。此堪舆家之所忌也。但欲便于出入,不得不然。余乃构思一法,略为变通,虽不足巨观,亦聊以免俗。

琴　门

琴门之制,出自新裁。其门务令黑漆,取彭泽妙句一联雕之,曰:"但得琴中趣,何劳弦上声?"彼秋叶、葫芦之式,虽极求雅,不能过也。

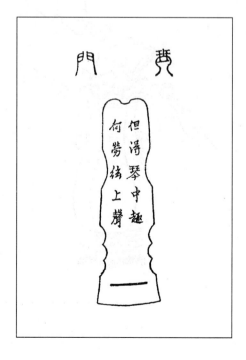

瓷瓶门

一室之内,相对设户,此世俗之常,余深恶之。因构思瓷瓶之法,令木工用板镶成瓶式之半,贴于门上,突出壁间,以瓶托为槛①;上绘梅花一枝,以破寥寂。

① 槛(kǎn):门槛。

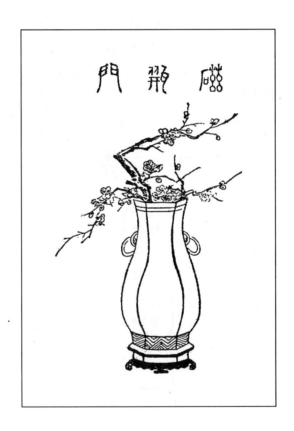

胆瓶门

瓶作两截,瓶口贴于壁上,瓶腹为门,可启闭之便。以锡制一盆,高尺许,藏于瓶口之内,令受水,以供四时不尽之花,更觉生动可人矣。

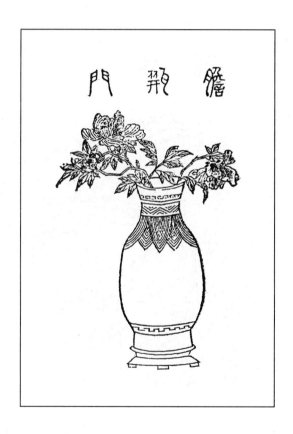

画中扉

画壁之制,其来久矣。余特创一法,示画工以《桃源》、《天台》二图,于山岩凹处藏一小户,使游者启扉深入,别有洞天,宛若身履画中,畅领丘壑之胜。所谓卧游,信其然欤。

此君户

竹之为户,亦去俗一良法也。方于筑砌之时,留一凹凸之势,然后用厚板雕以竹节,刷以绿色,为门闭之,曰"此君户"①。《竹楼记》内未能及此②,殊为阙事③。

① 此君:即竹。《世说新语·任诞》:"王子猷(徽之)尝暂寄人空宅住,便令种竹。或问:'暂住,何烦尔?'王啸咏良久,直指竹曰:'何可一日无此君?'"后因以"此君"代称竹。

②《竹楼记》:即宋王禹偁撰《黄州新建小竹楼记》。参见卷四《文学部·诗书·宜竹屋》篇注。

③ 阙:同"缺",缺失。

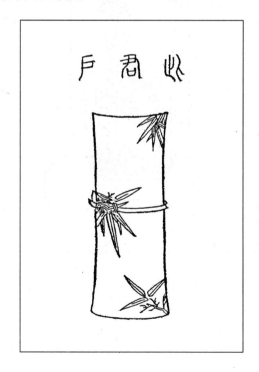

画屏户

书室之内，如欲设户，莫妙于画屏式矣。四旁用板，中虚为户，以图画实之，启闭甚雅。

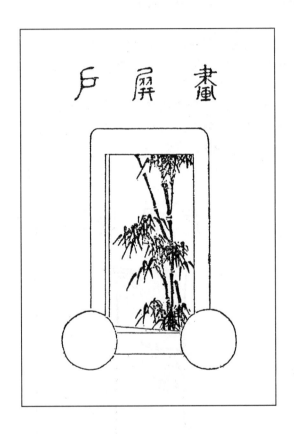

石 户

　　山岩之下，藏一小户，以石粘贴于门，如石壁状，种薜萝数本，盘曲而下，以掩石痕。人游至此，宁知其别有洞天邪？

看山阁闲笔卷十

制 作 部

儒者风味,清而不浊,雅而不俗。其制作虽工,不过随机布置,就物铺张,并非刻意求新,以市巧而饰观者也。维冀超脱时习,不类庸流,庶不没儒者之本色耳。

器　　皿

上古有志之士,虽居家日用之物,必求别致,耻于从俗①。余本庸流,安闲慕古,性之所嗜,亦不期然而然矣。

① 耻于:原作"不耻",语意相反,误。据文意改。

暖桌式

是桌用锡制一盆①,乘水②;中心安以铜罐③,贮火。就碗之大小、多寡,刳洞坐之④,桌角设以酒壶,如俗用水火炉状。桌面仍用木板遮盖,彻夜温和,亦对饮联吟之一助也。

① 桌:原作"卓"。按,卓,几案,今写作"桌"。为便今人阅读,故改。以下径改,不复出校。

② 乘水：盛水。乘，通"承"。

③ 罐：原作"蕫"，误，据文意改。

④ 坐：放置。

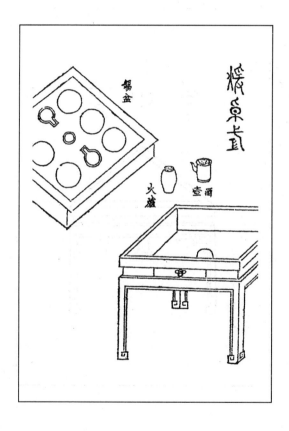

三面桌

是桌三面，如园亭小酌，三人坐饮，殊觉雅致。

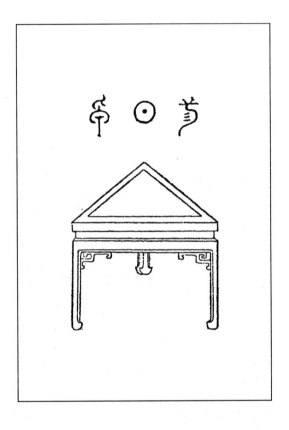

圆桌式

圆桌如安四脚，甚不雅观。是以只用一木高擎，盘旋如磨。噫，此亦中流砥柱之一法也。

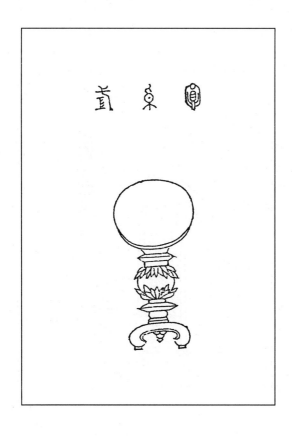

屏风椅

是椅以黑白二色藤穿梅花为靠背[1]，置书室中颇雅。

[1] 椅：原作"倚"。按，倚，椅子，宋以前多写作"倚"。为便今人阅读，故改。

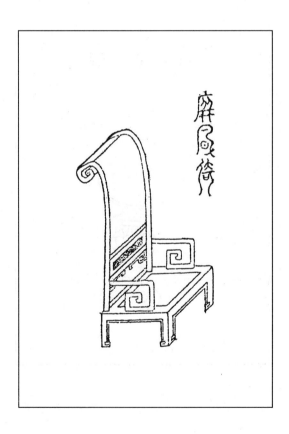

立台式①

三角桌间以三角立台一座,亦觉新奇。

① 立台:观其形制,又据卷十二《清玩部·陈设·立台》篇谓"以备夜游",则知所谓"立台",实即立式高脚烛台,犹今之落地灯。

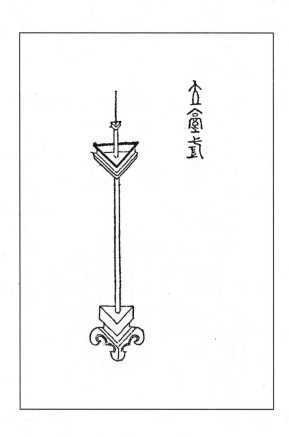

围屏式

世俗围屏[1]，或用铜搭[2]，或用布纽牵连，折叠以计收藏。余创一法，上下用木二根，头尾略为招转，旁用两柱，令作方，中实木格十二扇，维先后二扇随其招转之势而安之，糊裱成屏，亦便拆卸，既为整齐，更觉省便。

[1] 围屏：可以折叠的屏风。屏芯有糊裱素纸或绢绫的，也有实芯的。

[2] 铜搭：铜制铰链。

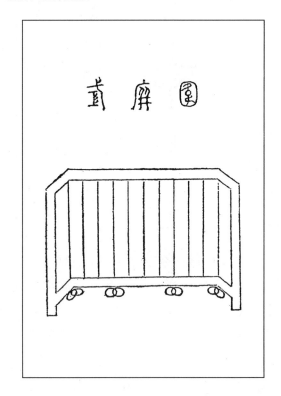

杂　　制

　　志幽者,虽一切游戏之事,必求其幽。余深慕之,苦未能超脱凡格,知难免粗陋之气,使人憎嫌不已也。

仿瓷式匾额

油粉染地,以石青画细花,宛然瓷器。

仿绫式匾额①

油漆匾额，非雅制也。然纸糊墨迹，恐不耐久，一经潮湿，必致剥落。拟用油粉，俗为白染，以粉画锦纹，宛若花绫，以石青描花，即成瓷器，殊属雅观。

① 匾额：此二字原无，据文意补足。上篇"仿瓷式匾额"同此。

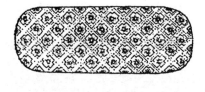

天然图画

用木四镶,背托以板,如一无盖木匣状。上下糊裱成一画轴,仿诸古名人笔意,叠石成山,栽小树数株,雕刻亭台、桥梁点缀其间,宛然有仙山楼阁之胜,悬之堂中,诚天然图画也。

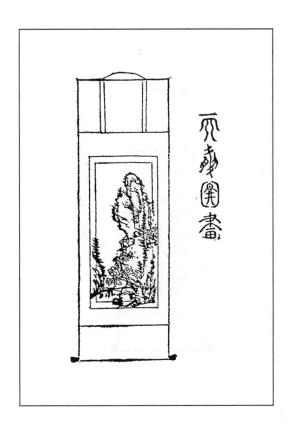

鲜花活卉图

　　是图木镶四旁，背托木格一扇。上下糊裱成轴。旁凿一二孔，依孔藏竹筒，盛水，随时折花插供，若图画然，觉笔笔生动可人也。

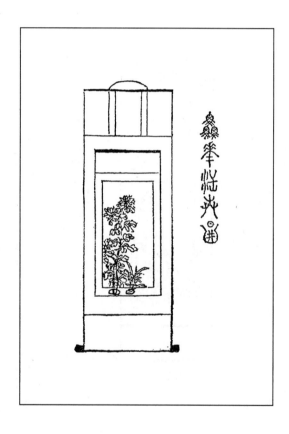

张灯式 梅梢月

是灯用铁丝扎老梅一枝，上坐一月，以纱糊之，悬挂曲深回廊之粉壁。夜间燃蜡于中，影落回廊，殊有月上花梢之致。

用竹丝扎成一圈，以纱覆之，下折梅花一枝相傍，托出高供壁间，宛若梅梢夜月侵吾室庐也。

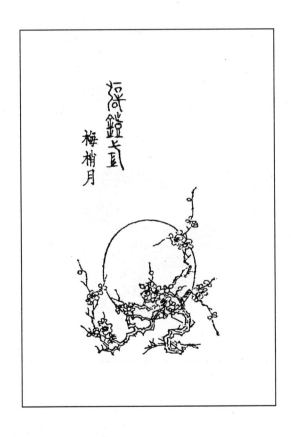

张灯式 祥云捧日

扎云数层，粘贴色绢。上捧一日，以红纱覆之。悬挂壁间，雅俗共赏。

便桶式

香闺绣闼①，中置一便桶，不韵甚矣。且木久经秽，臭不可言。是以别制一式，中藏铜胆，盖之，宛若鼓式一凳，既属雅观，尤能久而适用，诚美制也。

① 香闺绣闼(tà)：谓女子所居精美的内室。闺闼，内房。闼，原作"桬"，误，据文意改。

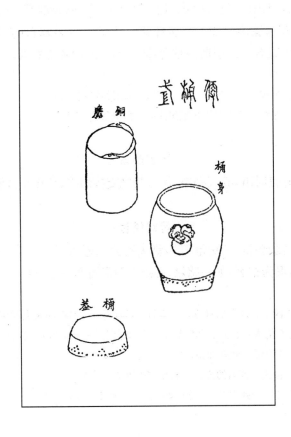

看山阁闲笔卷十一

清　玩　部

　　云泉山雨,竹月松风,均可佐人高吟,邀人清赏。况乎帘椸窈窕①,藤荫玲珑。一房彝鼎②,无非秦汉奇珍;四壁图书,尽是宋元名笔。窃谓博雅者移情,不知志幽者心醉耳。

　　① 帘椸:窗帘和窗户。　窈窕:幽闲美好貌。
　　② 彝鼎:泛指古代祭祀用的鼎、尊、罍等青铜礼器。

不言时事
　　好言时事,其人必俗,何可与之交接烟霞、留连花月邪?

毋对俗客
　　富豪势宦,滑吏笔刀①,啬夫利徒②,忍人说士③,以及伪学书呆,俱为俗客,如一感触,必致有污泉石而玷琴书矣。

　　① 滑吏:奸滑的官吏。　笔刀:即刀笔。古时在简牍上写字,写错了就用刀削去,故将文职官员称为“刀笔吏”。后来又特指代人写状子、打官司的讼师。此处即指讼师。
　　② 啬夫:吝啬的人。　利徒:唯利是图的人。
　　③ 忍人:残忍的人,硬心肠的人。　说士:说客。

安性闲情

可以养性，可以移情。然必须安其性，闲其情，而后得琴书之乐，不受寒暑之攻矣。

博雅师古

今人制作，颇为工巧。然必参用古法，方成良器。若竟自出新裁，不知仿古，窃恐鄙俗之形自献①，烟火之气相炙耳。

① 献：呈现，现出。

花朝月夜

花朝月夜，人景双清①。赏玩之馀，不觉诗思陡生，情怀自适也。

① 景（yǐng）：影。"影"的本字作"景"。

茗碗炉香

一炉香，一瓯茗，佐人幽赏，以破寂寥。然炉香虽妙，未免烟火生活，曷若芝兰自然之芳气？其炉虽设，而香似可不焚，非比茗碗，所必不可少者。予有卢仝之癖①，常于竹外花间、石边月下，取扬子江中之水，烹蒙山顶上之茶②，虽七碗，恐犹不足以解吾之病渴也。

① 卢仝之癖：即茶癖。卢仝，唐代诗人，范阳（今河北涿州）人。早年隐居少室山，自号玉川子。博览经史，两征谏议不就。后死于甘露之变。有《玉川子诗集》。平生嗜茶成癖。其《走笔谢孟谏议寄新茶》堪称古代饮茶诗中压卷之作，卢仝也因此而成为古代茶癖的代表人物。

②"取扬子江"二句：明陈绛《辨物小志》："世传：扬子江中水，蒙山顶上茶。"扬子江，长江在今仪征、扬州一带，古称"扬子江"，因扬子津而得名。蒙山，位于四川名山县。山顶产名茶，古称蒙顶茶。

良朋好友

良朋好友，促膝谈心，不觉风过中庭，春生满境。此时光景，令人有若饮醇醪而心自醉也。

清觞绿琴

觞流曲水①，琴奏高山②，此至乐极韵之事，可以怡情怀而供幽赏也。幸勿独睁醒眼，见笑于众，谓非知音人耳。

① 觞流曲水：即曲水流觞。古时在农历三月上巳节举行祓禊祛邪活动后，会一起饮宴。人们坐在回环弯曲的水渠边，在上流水面放置羽觞（酒杯），羽觞顺流而下，停在谁面前，谁就取杯饮酒。典出王羲之《兰亭集序》："又有清流激湍，映带左右，引以为流觞曲水。"

② 琴奏高山：典出《列子·汤问》："伯牙善鼓琴，钟子期善听。伯牙鼓琴，志在高山，钟子期曰：'善哉！峨峨兮若泰山。'志在流水，钟子期曰：'善哉！洋洋兮若江河。'"此处喻指琴曲高妙。

山中日月

洞里春秋，并无寒暑；人间岁月，定有炎凉。别开清静之天，莫嫌地僻；不作繁华之梦，所爱日长①。正宜吟诗酌酒以陶情，犹可种竹栽花以供玩也。

① 日长：隐居生活悠闲，故觉每一天的时间都很长。参见卷四《文学部·诗书》注。

枕上乾坤

醉乡虽乐，曷若黑甜乡为真乐也[①]？郑人得鹿[②]，庄周化蝶[③]；邯郸授一枕之荣[④]，槐国拜南枝之郡[⑤]，渴人得饮，饥人得食；贫者可富贵，达者可神仙。此实另展一大乾坤，为渴睡汉作生活耳。

① 黑甜乡：睡乡。睡时眼前一片漆黑，很舒适，故称黑甜。

② 郑人得鹿：典出《列子·周穆王》："郑人有薪（打柴）于野者，遇骇鹿，御而击之，毙之。恐人之见之也，遽而藏诸隍（壕沟）中，覆之以蕉（芭蕉叶），不胜其喜。俄而遗（遗忘）其所藏之处，遂以为梦焉。顺途而咏其事。傍人有闻者，用其言而取之。既归，告其室人（妻子）曰：'向薪者梦得鹿而不知其处，吾今得之，彼直真梦矣。'室人曰：'若（你）将是梦见薪者之得鹿邪？讵有薪者邪？今真得鹿，是若之梦真邪？'"

③ 庄周化蝶：见卷四《文学部·诗书·宜绿阴》篇注。

④ "邯郸"句：即"黄粱梦"。典出唐沈既济《枕中记》：记卢生在邯郸一家客店遇见道士吕翁，吕翁送他一个枕头，这时店主正开始做黄粱饭。卢生枕着那个枕头小睡了一会，做了个梦，梦里他考中进士，做宰相，娶美妻，儿孙满堂，享尽富贵荣华。醒来时，店主人的黄粱饭还没煮熟。

⑤ "槐国"句：即"南柯一梦"。典出唐李公佐《南柯太守传》：记淳于棼在大槐树下做了个梦，梦入大槐安国做了南柯郡太守，享尽荣华富贵。醒来后发现，所谓大槐安国，实际上是大槐树下的蚂蚁穴而已。

花间丝竹

燕语莺啼，花间之丝竹也。一声清响，能令尘飞。虽红儿肉声[①]，不是过也[②]。

① 红儿肉声：红儿，唐代官妓，善于清唱，歌声绝美。事见王定保《唐摭言》卷十。肉声，没有音乐伴奏的清唱。宋张先《熙州慢·赠述古》："持酒更听，红儿肉声长调。"

② 不是过：不能超过这个（声音）。是，此，这。

涧头箫瑟

幽涧鸣泉，声清而廉，气贞而静，自有天然逸响，非假口吻成声，虽似箫瑟而实勝之也。

岭上白云

身倚磐石，手弄流云，其一种萧疏清冷之致，诚可自相怡悦，不能赠人也。

楼头明月

玻璃万顷，水天一色。把酒聊吟，以佐清玩。不觉花影横斜，漏深人静。徘徊于中，彻夜不倦，正不舍此庾亮楼头之明月耳①。

① "庾亮"句：晋庾亮曾任江荆豫三州刺史，治所武昌。尝与僚吏殷浩、王胡之等登南楼赏月，谈咏竟夕。事见《世说新语·容止》、《晋书·庾亮传》。

雨润琴书

雨过轩窗，凉生几案，不觉翰墨生香，而琴声含韵。此时风景，不作喜雨之歌，即为醉翁之操①，无不宜也。

① 操：琴曲。

风吟松竹

竹传晓籁，松沸秋涛，可为奇音绝响者矣，能令人解醒醒睡，清心悦耳也。

摹写兰亭

宋拓《兰亭》，奉为至宝，世所罕见。苟或得之，当以时相把玩；即使不能书者，举笔亦渐觉得其力也。夫《兰亭》为法书之祖，如得其法，则效诸家无不成矣。吾乡有一茂才，善书，本学王，得手于赵①，一变而至董②。尝以玄宰法书双勾填墨③，或单条，或手卷，或册页，装潢颇雅，爱者重价告售，遂获大利。噫，甚矣！真赝之难别也。

① 赵：赵孟頫，元代著名书画家。
② 董：董其昌，字玄宰。明代著名书画家。
③ 双勾填墨：先用细线沿笔迹两边勾勒出字的轮廓，然后在轮廓内填满墨。这是古代摹拓名家书法的一种方法。

仿绘辋川

作画如学书法，亦在多见古人手笔，虽不挥洒，其学问自进。所谓三日一山，五日一水，维在用意深奥，不假勤劳笔墨而后为工也。然《辋川》真迹何从而得①？但可效其澹远空濛，画中有诗之意，即为神品矣。

①《辋川》：指《辋川图》。辋川，在陕西蓝田县（今陕西蓝田），源出

秦岭北麓，北流入灞水。唐诗人王维曾建别墅于此。他曾绘《辋川图》，包含有辋川二十景，今已不传。

放鹤庭前

林和靖隐孤山[①]，常泛舟于湖心。有客过访，命童子即纵鹤入云，且鸣且舞，盘旋于六桥花柳之间，闻其声而遂返棹。妙哉！无怪其以鹤为子也。

① 林和靖：宋代隐士、诗人林逋。详见卷一《人品部·居乡·立名》篇注。

观鱼池畔

千里巨鳌，幽于一勺之水，可为苦矣。安知其能随波逐浪，翻腾跳跃，悠悠然自得其情，洋洋焉自得其乐也？

平林游戏

褊衫幅巾[①]，游戏于平林松柏之下，把酒三爵，手披《乐志论》一过[②]，其心不觉僩僩然脱尘化俗而得澹远清宁之致[③]，不复知有人世炎凉矣。

① 褊(biǎn)衫：一种僧尼服装。开脊接领，斜披在左肩上，类似袈裟。　幅巾：古代男子以整幅细绢裹头的头巾。

②《乐志论》：东汉仲长统撰。该文描述隐居田园的乐趣。

③ 僩僩(xián)：安闲自适貌。

幽谷盘旋

行吟山谷，虽寂寞太过，然不寂寞亦何以标发其幽情，窥见其逸志邪？

香分兰蕙

兰蕙之芳，清且幽也；清而有高人之度，幽而得君子之风。所以闻其香不觉清幽仁善之气射人，陡使出言吐语直分兰蕙之香，翻然不俗①，堪以自立高人君子之行矣②。

① 翻然：迅速转变貌。
② 行：品行，品德。

盟聊鸿鹄

闲鹄孤鸿，志本高洁，所以君子友之。吾尝于桃花杨柳、明月清滩之畔徘徊不已，良有海翁忘机之乐也①。

① 海翁忘机：典出《列子·黄帝篇》："海上之人有好沤（通"鸥"）鸟者，每旦之海上，从沤鸟游，沤鸟之至者百住（同"数"）而不止。其父曰：'吾闻沤鸟皆从汝游，汝取来，吾玩之。'明日之海上，沤鸟舞而不下也。"李商隐《太仓箴》："海翁忘机，鸥故不飞；海翁易虑，鸥乃飞去。"此处喻指没有机巧之心。

竹西鼓吹①

竹之为声，清而且脆，萧萧簌簌，时传逸响于西廊，疑是一林丝竹，起于东山空翠间也②。

① 竹西鼓吹：竹西，古亭名，在扬州（今江苏扬州）。鼓吹，击鼓吹乐。唐杜牧《题扬州禅智寺》："谁知竹西路，歌吹是扬州。"

②"疑是"两句：用"东山丝竹"典。东晋谢安曾隐居东山（今浙江上虞县南）。朝廷多次征召，皆不就。日日游山玩水，以丝竹自娱。

水面文章

落花水面，皆成文章，恰是触景好题，高闲无俗，潇洒不尘。盖非一身凡骨，乃能有此超脱欲仙之妙境也。

凿池引泉

凿土为池，引入源头活水，不觉溶漾纡回，一清彻底。其天光云影，禽舞花飞，以及炎寒之升降、景物之盈虚，莫不熙熙然咸会于一镜之中，以供清鉴也。

结篱栽菊

菊乃花之隐逸者也。渊明爱之，常醉倒于东篱。所以结篱栽菊，为赏玩中之第一韵事也。维喜其燕静堪娱①，高闲不俗。久而与之契合，相对苦吟，不禁瘦似黄花耳②。

① 燕静：安静。燕，安宁。
② 瘦似黄花：源自宋李清照《醉花阴》词："莫道不销魂，帘卷西风，人比黄花瘦。"

棋敲残月

一局未完，不知月已横斜矣。浮生若梦，汲汲营营，徒使利名牵绕，贪得无厌。及到头来，仍归乌有。噫，何自苦乃尔邪！

麈拂清风

一麈清谈①,淘尽晋人风味。如芝如兰,既幽且韵,不觉春风满室,直扑去三斗俗尘矣②。

① 麈(zhǔ):古指鹿一类的动物,尾巴可以做拂尘。此处代指拂尘。晋人清谈时,常挥麈以助谈兴。

② 扑去:拍掉。

供花挂画

供瓶得意之花,挂幅名人之画,一瓯清茗,自歌自唱其间,亦足以陶我幽情也。

采药斗茶

采药山前,情景入于图绘;斗茶苑北①,高闲见于歌章。飘飘然疑是仙邪,洒洒焉决非凡者。

① 斗茶:古时举行的一种品评茶之优劣的竞赛活动。源于唐代,盛行于宋代。斗茶除茶叶外,还十分讲究用水、火候、茶盏等。 苑北:即北苑。建州(今福建建瓯县)北苑为宋代著名产茶地,茶叶进贡皇宫。宋熊蕃《宣和北苑贡茶录》:“五代之季,建属南唐,岁率诸县民采茶北苑。”此处泛指产佳茗之地。

抚松拜石①

得陶潜之趣,学米芾之颠②;松可作朋,石堪为友,另有一种澹远旷达之怀,偏能使人敬慕,而不畏其清议也。

① 抚松:晋代诗人陶潜(陶渊明)不但爱菊,也爱松。其《归去来

辞》有："抚孤松而盘桓。" 拜石:《宋史·文苑六·米芾传》:"无为(今安徽无为)州治有巨石,状奇丑,芾见大喜曰:'此足以当吾拜之,呼之为兄。"

② 颠:通"癫"。米芾爱石成癖,又举止随性,不顾世俗,世人望之如疯似癫,故称"颠米"或"米颠"。

静坐读书

长日静坐,最养神气。神气既足,而后披读圣贤之书卷,揣摩圣贤之心思。工夫到处,其学问亦何患不精进邪?

门无剥啄

门无剥啄①,庶得专心究学,随意观游,亦得领略一切泉石花禽之趣味。悠悠然一段静闲里工夫,十倍闹热中岁月也②。

① 剥啄:叩门声。谓有人来访。啄原作"喙",误,据文意改。
② 闹热:热闹。吴方言。

人有馀闲

赏心乐事,非馀闲不可得也。然既得之于闲,自必甘清冷而畏炎热。盖因冷处得澄清之法,热中少激浊之方耳。

不矜于世

矜夸骄傲,岂幽人韵士之行藏邪①? 夫幽人韵士维借烟霞以寄闲情,花月而供清玩。幽若兰,温如玉。虽属贵显,而不作矜夸之状;即有才华,而勿露骄傲之容。庶不致秽触烟霞,尘染花月也。

① 行藏：行止，行为。

何求于时

有求于人，必致胸怀轹以利名萦结、忧乐相俱，何有闲情而能穷究琴书、赏鉴花月邪？所以留心求雅、蓄意探幽者，未尝得合于时，而亦未尝求合于时也。

珍藏宝玩

夫宝玩非真赏鉴家不能知识，亦不能收藏也。如收藏既不能熟得其法，则赏鉴亦不能深领其趣矣。

书　卷

书为文人至重之宝，收藏不可忽略也。世俗不过锦套牙签①，高置于架，以为慎重而得法者矣。殊不知表糊之物②，岂能耐久？一不翻阅，受湿即蛀；略不检点，必致损坏。则未寓人目，先饱蠹腹矣。予因构思一法，或锦或布，务用夹层，联合作套，仍以牙签为弼③，如手卷样，不独轻便易成，亦且经久而无虫伤之患，不亦妙乎？

① 锦套：线装书的函套。　牙签：此指线装书函套一侧安装的用于别住函套的别子，一般用骨制，色白如象牙，故称。
② 表糊：裱糊。
③ 弼：别，别子。

又

批评古今才子之书，非大名人不可为，亦不敢为也。如不知其不可为，亦不知其不敢为者，本属平庸之学，辄行效尤，任意鸦涂满纸，而殃及陈玄、毛颖[1]，饮恨难舒。噫，乌知东村捧心[2]，徒自形其丑耳。若此并置于架间，岂得谓之珍藏者邪？

[1] 陈玄毛颖：谓墨和毛笔。典出唐韩愈《毛颖传》。
[2] 东村捧心：即东施效颦，见卷三《文学部·诗赋·脱俗》篇注。

又

藏书最宜向阳楼房，庶得干燥而不致潮湿，以免烘晒之烦。始知田弘正造楼聚书[1]，良有以也[2]。

[1] 田弘正：字安道，唐平州卢龙（今河北卢龙）人。幼通兵法，善骑射。官至魏博节度使。好聚书，曾筑楼，藏书万馀卷。
[2] 良有以也：确实是有原因的。

名　迹

名人书画，如单条、手卷、册页，俱经表糊，一染阴湿之气，易于发霉，渐生细蛆，久而粘结一片，不可治也。

又

如已受霉，宜用丝棉轻轻拂去浮花，或晒或烘，其染霉未为深重，可无形迹。若先烘晒，则湿气带霉入骨，揩之不净，致成斑点，一似玛瑙状者，竟是废物矣。

又

装璜者虽以明矾入于浆内①,然仅可杀虫,不能御霉也。如一经侵染,则神脱色落,遂成弃瑕。所以必待伏天,当嘱其施用。浆水最宜轻薄,即或失于检点,致受湿气,虽霉亦不甚重,尚可挽回。维册页用板面而不用纸面,是珍藏家最有讲究也。

① 浆:用以装裱书画的稀薄浆糊。

又

题跋名人书画,非精于此者不得其中奥妙,未可轻易举笔,未免张冠李戴,指鹿为马,徒贻识者所笑耳。右军《兰亭》,自赵松雪《十三跋》以后①,杳然无闻。非不有其才,犹恐不得深悉于中之奥妙,而未敢轻赘一辞,致罗续貂之诮,何况门外汉自成俚中言邪?

① 赵松雪《十三跋》:赵松雪即元代书法家赵孟頫,松雪是他的号。元至大三年(1310)九月,僧人独孤长老送给赵孟頫一本《定武兰亭》拓本,赵孟頫在舟行途中陆陆续续题写了十三段跋,因其书法精妙,也成了一部法帖。

图　章

古之名人图章杳不可得,盖因世俗不喜清冷之事,虽经寓目而不留意也。其图谱所载,历历可考,嗜古者自必构求一二藏之①,以备赏鉴。真可谓奇珍矣。

① 构求：谋求。

又

读书人莫不雅好图章。其最时尚者，以铁线朱文而仿牙章，虽极秀美，然不若烂铜白文之石章为苍古可爱也。至朱白各半，谓之阴阳文，已属可怪；甚有不辨篆文之雅俗，但取印纽之玲珑，珍而藏之，尤可笑也。

又

名人书画，非其道者既不得轻赞一言，又岂可辄用收藏印章而污前贤之遗迹，乃可自负为赏鉴者比邪？

古迹宝玩，俱不宜贮于竹箱纸匣。一遭虫蛀，遂为废物。或曰：古人手笔无过绢片纸张，致不能免，如玩器系玉石铜瓷之类，又何害也？殊不知匣一蛀伤，势必殃及宝玩。裹于纸屑虫缠之中，不独其色陡然晦滞无光，而无瑕美璧，已受青蝇之玷，宁不惜哉！

收藏宜用花梨木匣，以丝棉铺衬，置于向阳处所，勿令受湿，自无蠹侵霉变之虞，庶于名贤手迹似觉珍重而不敢亵慢也。

赏鉴家得一古迹如获至宝，不可不慎收藏。如收藏不得其法，重则虫伤鼠耗，轻则水渍霉斑，徒费前人苦心，不能垂示后学，一旦委之尘土，良可痛惜也。

《兰亭》盛于玉匣，不过珍重而取其悠久也。其纸匣竹箱，岂收藏宝玩之具？又安得可谓珍重而能悠久者邪！

古　钱

历代钱文,各觅其一,以线联络,贮于匣中,以供赏玩而备参考,亦博物之一也。

又

好古者无不留意,况乎攸关国计民生之物,何可忽略? 当贮于囊箧中,以广博鉴。相赏之馀,亦可想见前贤之经济代有成规,宁得谓无补于学问者邪?

钱文未免近俗,所以博雅高人未曾议及。然物一至旧,自能脱俗,何必拘泥若此,而效胶柱鼓瑟之态邪[①]?

爱钱者是爱时尚之钱,非爱古遗之钱也。其古遗之钱,维不爱钱者而能爱之;其爱钱者反不能爱,皆由不知是钱之可爱耳。

贪者必俗。博鉴古物,岂俗人之所能邪? 但古今虽别,钱文则一。恐贪者见之,未必不为其动心也。

钱文系铜铸者,何碍其收藏之不得法而有他虞也? 然铜之为物,虽不畏蛀,实属忌湿。若沾水不干,遂成斑点,渐至剥落,久而腐烂。岂得谓无碍于收藏者邪? 何况钱文乃质薄体轻之物,又经磨弄日久,更易朽灭。其收藏之法不可不知也。但亦并无别法,宜安置于向阳处所,能无阴湿之气相侵,庶几不没前人一片经济之苦衷,而使后世博雅好古者珍之重之,可供鉴赏而有稽考,不致泯灭而无见闻也。其非收藏之力,安能垂远而无虞邪?

① 胶柱鼓瑟:鼓瑟的时候胶住瑟上的弦柱,就无法调节音的高低。比喻固执拘泥,不知变通。

看山阁闲笔卷十二

清 玩 部

人之精神各有所寄,如渊明隐于菊①,和靖卧于梅②,弘景怡于云③,元章拜于石④,惠连酣于风月⑤,游岩癖于烟霞⑥。此皆性之所好,情之所寄也。其博雅师古者,不亦然乎?

①"渊明"句:渊明,即东晋隐士、诗人陶渊明,生平参见卷四《文学部·诗书·宜水槛》篇注。陶渊明于花最爱菊,曾留下"采菊东篱下,悠然见南山"(《饮酒》)此一千古名句。

②"和靖"句:和靖,即宋代诗人林逋,生平参见卷一《人品部·居乡·立名》篇注。林逋平生最爱梅花,其七律《山园小梅》堪称咏梅诗之冠,诗中"疏影横斜水清浅,暗香浮动月黄昏"二句脍炙人口。

③"弘景"句:弘景,即南朝梁陶弘景,生平参见卷一《人品部·居乡·立名》篇注。陶弘景长期隐居山中,曾作《诏问山中何所有赋诗以答》诗:"山中何所有,岭上多白云。只可自怡悦,不堪持赠君。"

④"元章"句:元章,即宋代书画家米芾,生平参见卷四《文学部·图画·有派》篇注。米芾爱石成癖。传说无为州治(今安徽无为县)有巨石,状奇丑,米芾见了大喜,说:"此足以当吾拜。"穿戴整齐后朝向石头跪拜,并称呼石头为兄。见《宋史·文苑传六》。

⑤"惠连"句:惠连,即谢惠连,祖籍陈郡阳夏(今河南太康)人。南朝宋文学家,谢灵运族弟。十岁能文,卒年三十七。酣于风月,即流连陶醉于大自然清风明月之中。

⑥"游岩"句：游岩，即田游岩，唐代京兆三原(今陕西三原)人。初
为太学生，后罢归，游于太白山。每遇林泉会意，辄留连不能去。后隐箕
山。唐高宗幸嵩山，游岩山衣田冠拜见。帝谓曰："先生养道山中，比得
佳否?"游岩答道："臣泉石膏肓，烟霞痼疾，既逢圣代，幸得逍遥。"见《旧
唐书·隐逸传》。

稽　古

　　古风淳厚，今俗浇漓①。是以君子常存古道，不入时
宜也。一凡身心之修养、耳目之供给，莫不稽古而寄
情焉②。

① 浇漓：浮薄。
② 稽古：考察古事。

园　亭

　　古人必择有奇峰怪石、老树清泉之处，相就结构亭台，使
一林丘壑环绕窗楹；高卧其间，自得天然图画之胜。不过点缀
桃李、结篱开径而已，岂全以人力作成者哉?

竹　石

　　子猷嗜竹①，元章爱石，古人情所寄焉。于是博雅文人，其
居虽无嘉花异卉，必有疏竹卷石，摹写云林笔意于当轩也②。

① "子猷"句：王徽之，字子猷，东晋琅邪临沂(今山东临沂)人，王羲
之子，书法家。官至黄门侍郎，后弃官归。性爱竹。参见卷九《制作部·

门户·此君户》篇注。

　　② 云林：元代画家倪瓒，号云林居士。参见卷四《文学部·图画·有笔》篇注。　　轩：以敞朗为特点的建筑物，如亭、阁、廊棚之类。

器　用

　　器用大有关于人之幽俗，不可不究心也。旧制则喜其款素而性淳，时物则厌其色华而气烈。是以君子常取旧而不取时也。然虽有古人之器，而无古人之风者，何敢当邪？

又

　　文房一切玩好之物既须古制，而对月赏花之茗碗酒樽，虽时器亦必选择精工仿古者，其人可为韵矣。若以锡壶贮茶，银杯盛酒，虽合时宜，窃恐太近俗也。

古　玩

　　往往见大家所蓄古玩，十无一真，然均属重价购得者，以为奇宝，常示于人，难免识者所鄙。殊不知物之美恶，绝不在钱之多寡。明珠藏于洞底，美玉隐于石中，维博雅者自有明鉴耳。噫，物既无口能辩其真伪，而钱岂有眼善识其贤愚邪？

时　物

　　时兴之物人皆所好，则知志幽慕古者鲜矣。夫旧款翻新，必致改头换面，殊失古人制造之妙旨。如铜器，古者淳厚，虽朴素而神气喜其韫藏①，常邀百世之赏；今者浇薄，即精工而光华嫌其毕露，仅饰一时之观耳。瓷器亦然，举一而概可知矣。

① 韫藏：蕴藏。

陈　设

陈设之难，难求其雅，易蹈于俗也。虽秦汉奇珍、宋元名笔，如一布置失宜，不觉其雅，自形其俗；蒲团竹簟、茶灶酒卢①，铺张合式，不见其俗，反增其雅。所以陈设器皿有不可忽者。一登其堂，则主人之雅俗毕露，可不畏哉！

① 酒卢：即酒垆，酒家安放酒瓮的土墩子。卢，同"垆"。

匾　对

中堂为一宅之主屋①，迎宾款客之正所，匾居其中，对分左右②，此一定不可移易者也。如书室内，若必拘定正中一匾额，左右分列一对联，殊觉落套。且房屋既多，亦未免雷同。何不左首悬匾，右首挂对；否则上首悬匾，下首挂对，既不落套，且不雷同。略为转移，另开眉眼。

① 中堂：房屋正中的大厅。
② 对：对联。

又

中堂匾额，仕宦家宜用金笺①，素封家当用白粉②。至园亭书馆之属，其匾额可方可圆，或横或竖，刷色勾花，随人所好，无不合宜。对联则仿"秋叶"、"此君"之式③，庶得其雅也。

① 金笺：即洒金笺。洒金笺用纸多染成红、黄、绿等色。

② 素封：指无官爵封邑而家资富裕者。　白粉：粉白。即纸张原色。

③ 此君：竹。详见卷九《制作部·门户·此君户》篇注。

又

厅堂以三字题名，意义弘远，乃见大方。其别业之山堂水榭①、亭台楼馆诸处，不必拘定三字，或二字，或四字，或五六字皆可。如予家之"容安"、"观泉"小槛，"二桂读书堂"、"坐花醉月之处"是也。

① 别业：正宅以外的建筑，别墅。

又

中堂联句，富贵家毋致有穷酸气，寒素家毋致有豪华气。所谓我行我素，既不可过分，亦不可不及也。至书室联句，富贵家能扫豪华气，寒素家勿露穷酸气，亦不俗也。

桌　椅

中堂为宾客交接之地，正中一几既不可少①，而左右相对设椅亦属不易者②。或四把，或六把，或多至八把、十二把。当以四把列前，四把退后，馀则分作两层，庶得次序。其书房、园屋画桌，仍须依墙贴壁，但不拘上下，毋令对面。椅必两把一处，不容相向。至香几③、书案，务使安顿合宜，参差错落，自得其高雅之趣矣。

① 几：正厅迎面放置的长案。即后文所云"天然几"。

② 不易：不变。

③ 香几：置放香炉以供焚香用的小几案。形似摆放花盆的花几而稍低。几面有圆形、正方形、长方形等式样。明清时较为流行。

又

正厅宜用方桌，俗呼为八仙桌者是也①。其馀之书屋、园居，或圆或方，或仿三才、八卦、月牙、龟纹、海棠、秋葵之式②，颇得幽致。

① 八仙桌：因方桌四边可以围坐八人，故民间习称为"八仙桌"。据明末文震亨《长物志》卷六《方卓》云："若近制八仙等式，仅可供宴集，非雅器也。"则知八仙桌始创于明代晚期。

② "或仿"句：讲桌的各种式样。三才，谓天、地、人，三才桌应即卷十《制作部·器皿》所收"三面桌"，蕴天、地、人三位一体之意。八卦桌应为八边形，仿八卦图形。月牙桌形似月牙，一般靠墙放置，用来摆小物件或装饰品。龟纹桌呈六边形。海棠式、秋葵式桌则桌的外周分别呈海棠花、秋葵花花瓣形。按，明代的桌子以长方形和方形为主，很少有其他款式。直到清代，桌子的造型才趋于丰富。

又

紫檀、花梨、黄杨、乌木之器皿①，富贵家所宜用者。寒士以白木为雅②，最忌朱漆③。

① 紫檀：一种极其珍贵的木材。主要产于南洋群岛的热带地区。木质坚硬细密沉重，色紫黑。制成家具无需上漆，经打磨，便会呈现丝绸般的光泽。 花梨：今称黄花梨，略带香味，花纹美观，色泽柔和，软

硬适中,不易变形,是我国明代和清早期制作高档家具的珍贵木材,产于海南岛。　黄杨:一种名贵木材。质地坚韧细腻,不易开裂,色泽淡黄,硬度适中,宜于雕刻。　乌木:又名乌文木,产于热带地区。木质坚实如铁,其色漆黑。因无大料,一般不做家具,常用来制作小件器皿。

② 白木:泛指非硬木类的普通木材,因其色泽浅淡发白,故称。

③ 朱漆:红漆。

又

楠木虽雅①,总不若棕竹、湘妃竹为上品②;作成器皿,自有青出于蓝之妙,园亭所不可无也。

① 楠木:非专指一种木材,乃樟科中楠属(或称桢楠属)及润楠属木材的统称。品种很多。古有香楠、金丝楠、水楠之分。其中尤以产于四川的金丝楠木最为珍贵。楠木色泽浅黄或浅黄中带浅绿,体轻,木性温和稳定,不翘不裂,收缩率极小,是高档建筑用材,也常用来制作家具和棺椁。

② 棕竹:又称观音竹、筋头竹、棕榈竹,丛生灌木。枝干可做手杖和小器物。　湘妃竹:又名斑竹,竹竿上布满紫褐色的斑纹。传说舜死,二妃泪水洒竹而成。妃死,为湘水神,故称此种竹为湘妃竹。湘妃竹极受古代文人雅士喜爱和推崇,常用来制作扇骨、笔杆以及文房用具。

又

世俗无论厅堂、书室,必用金漆交椅八把排列两旁①,又以金漆方桌一张安于正中。其为天然几者②,必雕刻云板③,以黑漆之,上供朱红架香圆一盘④,下则贴金朱红围炉一座,左右朱红立台一对。入其室中,几被俗气熏倒。近来素封之家,间有亦好求雅,但几必贴墙⑤,椅必对面,至于参差错落之妙,究未知也。

① 金漆：一种古老的家具装饰工艺，髹漆后再描金，显得富丽堂皇。　交椅：此指带靠背和扶手的太师椅。

② 天然几：厅堂迎面居中放置的长案。

③ 云板：指几案面板下安装的雕有云头造型的牙板。此种样式始于明代。

④ 朱红架：此指漆红漆的木制盘架。　香圆：即香橼，也称枸橼，为芸香科柑桔属植物香橼的果实，皮似橙柚，淡黄色，有香气，可入药用。

⑤ 几：即上文所言之天然几。

屏　风

厅堂屏风必须设立成对。至书室如亦仿此，则主人之俗态毕露矣。

又

书房宜用单扇屏风，或竹或木，或镶嵌玻璃、白石，或挥洒烟云花草，无不可也。

榻　床

榻床非厅堂之所宜，书斋不可无也。然只用一张，以备醉眠；多设则似开张旅店矣，其不可丑邪？

又

就石依云，迎花傍竹。宜设一榻于北轩窗下，以备主人日长高卧。

醉翁椅

斯椅式样颇多,大同小异,置于书屋中为至美之具,令人相对间虽欲不醉而不可得也。

立 台[1]

立台自宜多制,收贮于山园花圃之闲房,以备夜游。

① 立台:立式高脚烛台。参见卷十《制作部·器皿·立台式》图、注。

帘 幕

帘得宜于炎夏,幕受益于严冬,此二者俱不可少也。如以竹为帘,斑竹既美,紫竹尤佳。悬挂窗槛,能屏绝一切尘纷扰攘之气,燕舞花飞,自得其趣。至绣幕、布幕之制,均非雅观。何不以茧纸为之,上绘一枝水墨梅花,老干接天,狂枝覆地,殊觉芳韵袭人。

藏 书

藏书愈多,则人愈幽,智愈深,心愈闲,目愈空。悉由日与圣贤对语,工夫到处,卓然高坚[1],能挽世风而易时俗,是谓藏书之大有益也。

① 高坚:高尚而坚定。

又

丈夫拥书万卷,何假南面百城? 噫,李永和之弃产营书[1],

实古今一大韵事也!

① "丈夫拥书"三句:典出《魏书·李谧传》。李谧,字永和,后魏赵涿(今属河北)人。博通诸经,周览百氏。征辟皆不就,唯以琴书为乐。弃产营书,手自删削。每曰:"丈夫拥书万卷,何假南面百城?"意谓:大丈夫只要拥有万卷书籍,何必去做统辖一百座城市的君王?古代君王面南而坐,故此处"南面"即南面而王之意。

又

案之无书,犹碑之没字,深可鄙也。

挂 画

挂画不必拘定正中,维厅堂无可更易者。其别业、书斋如亦效而为之,则未免落于窠臼。不若或左或右,可前可后,务使处之得宜;虽非古画,亦觉化俗为雅矣。

又

谚云:"堂中无古画,一定是暴发。"然非真赏鉴家,何以计议及此?且时人笔墨岂无青出于蓝者,何可概行屏弃?但忌青绿山水并工细人物、花卉、翎毛耳①。盖因其颜色过于鲜艳,似不甚雅,馀俱可用。维水墨兰、竹、梅花最为脱俗之妙品也。

① 此处指工笔重彩的山水、人物、花鸟画。翎,原作"鸰",误,据文意改。

供 花

供花必须瓷瓶,其铜瓶所不宜也。然珊瑚树①、孔雀毛,非铜瓶不可,但觉太俗。或于春老花残之际,剪彩以破寂寥可也②。

① 珊瑚树:珊瑚是由热带海洋中的腔肠动物珊瑚虫分泌而成的碳酸钙骨骼,因形似树枝,故也称珊瑚树。其中以红珊瑚最为名贵,常做成摆件或饰物。

② 剪彩:参见卷十四《芳香部·闺房乐事·剪彩》注。

又

古铜瓶曷若古玉瓶为尤妙。谓其随时供养一切鲜花活卉①,无不宜也。

① 谓:通"为",因为。

又

折供花枝,取其有画景者,参差相应,疏密自如,宛若名人笔意。忌勿乱插满瓶,浑似一束柴薪,漫无章法,识者见之,先已知主人之行藏,不待接洽而后决其幽俗也。

炉

书室之内,古炉不可少①,时炉便增人俗矣②。尝见富有之家,虽设一炉,不计新旧,维满堆碎炭,以备吃烟者即于此中取火。噫,市井之态营营然活见于当场矣③。

① 炉:此指用以焚香的小香炉,主要有铜炉和瓷炉两种。

② 时:时新。

③ 活见：活现。

又

时人往往以香几架炉，直贴画轴。日插线香，致画常烧孔，而炉钉香桩拔之难尽。其俗气入于膏肓①，不可医也。

① 肓：原作"盲"，误，据文意改。

琴

琴之品最高，琴之德最优。虽不能弹，亦必蓄于床头，如渊明之不具徽弦①，得其趣也。

① 徽：原指系琴弦的绳，后指琴面指示音节的标记。如古琴有十三徽。

棋

琥珀、蜜蜡、珊瑚、玛瑙①，因其均属贵重之物，琢成围棋，人无不爱。然只可于香闺绣阁中，美女佳人纤手把玩，以适兴消闲而已。至园亭、书室所用，莫妙于云南棋矣②。

① 琥珀：远古的树脂埋藏于地下，经过千万年的地质变化而形成的化石。接近于透明，有红、黄、褐等色，可用以制作饰品，也可入药。蜜蜡：指不透明的蜜蜡，质地油润，如脂似蜜，色彩亮丽。比一般琥珀形成的时间更早，也更为珍贵。　珊瑚：热带海洋中的珊瑚虫分泌而成的碳酸钙骨骼。做工艺品的主要为红珊瑚，有红、粉红、橙红等色。　玛瑙：玉髓类矿石的一种。具有不同颜色的纹带，半透明或不透明，硬度较高，色彩缤纷。常用来制作饰品。

② 云南棋：又称云子、永子，用天然玛瑙、紫英石等原料烧制而成。原产于云南永昌（今云南保山），近代技艺失传，1974 年研制成功，又恢复生产。

又

竹中溪畔，月下花前，皆可安顿棋枰①。独峰谷互回、云泉浡潏间②，尤妙在天然。入一石洞，洞中几榻毕具，于此手谈一局③，不知看奕者其斧柯亦易烂否邪④？

① 棋枰（píng）：棋盘。

② 浡潏（bó yù）：沸涌貌。

③ 手谈：下围棋。下棋时不作声，然而落子之轻重缓急、棋路之攻防进退，都可反映出对局者的心态情绪，仿佛以手来交流，故称。《世说新语·巧艺》："王中郎以围棋是坐隐，支公以围棋为手谈。"

④ 奕：通"弈"，下棋。 斧柯易烂：典出《述异记》：晋王质入石室山（今浙江衢州烂柯山）伐木，见童子数人边下棋边唱歌，便放下斧头观棋。其中一位童子给他一粒像枣核一样的东西，他含在嘴里，便不觉饥饿。过了一会儿，童子催他回去，他站起身，发现斧头柄全烂了。回到家，已过去了数十年，亲友几乎都不在人世了。斧柯，斧头柄。

文案宝具

文案所须，当求古物，愈古愈妙。如笔斗①，本属木器，年久物旧而色泽纯粹，款式古朴，得岑静不俗之妙理②；岂比夫时尚新兴，炎炎然一团熏蒸之气直逼于人邪？虽极欲仿旧，总不得真旧之奥妙也。

① 笔斗：即笔筒。

② 岑(cén)静：高而静。

砚

砚为文房至重之宝，虽得古端溪①，亦当以发墨为佳。如玉砚，非不华美可爱，窃恐未能发墨，仅饰人观，不适吾用，何足取也？

① 端溪：溪名，在今广东肇庆(古称端州)东郊羚羊峡斧柯山旁。端溪以东产砚石，成品称端砚，为砚中上品。此处以端溪代指端砚。

笔

能书不择笔。书家岂真不择笔邪？能书者骨格可不受其所制，而皮毛究亦借其为力，非真不择笔也。常见富有之家，用紫檀、乌木，上下以象牙镶之为管，其笔头不过羊毛，而又虫蛀几半，从未使其饱墨。盖主人性非所好，遂尔疏远而不交接，渐至深恶而不相顾也。若此，其亦可为能书不择笔者哉①？

① 为：通"谓"。

又

骚人逸士之家相与契合①，时相把弄，以致秃笔满床，纵横无次。噫，若使智永见之②，断勿听其暴露而不为营瘗也③。

① 相与：相互交往。

② 智永：僧人，名法极，俗姓王氏，人称永禅师。会稽(今浙江绍兴)人。王羲之七世孙，王徽之后人。陈、隋间著名书法家。曾三十年不

下楼，书写真草《千字文》八百本。用退的笔头足足装了五大簏（竹箱），智永将其埋入土内，称之为"退笔冢"。

③营瘗（yì）：营葬。瘗，掩埋。

又

湖州所产重毫为佳，然亦不在毫之轻重，而在作手之工拙也。近来为价颇廉，其工料亦甚苟减，悉由人多悭吝①，以致物亦有名无实也。

①悭（qiān）吝：吝啬。

墨

用墨必求顶烟①。往往书家因墨不佳，辄入以洋糖少许，取其光亮。殊不知阴雨日久，易于发潮启霉，非所宜也。

①顶烟：也称"上烟"、"头烟"。制墨用的烟炱（烟气凝结而成的黑灰）是用窑烧成的，有松烟、油烟和漆烟三种。在窑的四边或顶上的烟炱离火最远，称为"顶烟"，最纯，属上品。

纸

予以光洁细绢随意裁作小幅，刷诸浅淡颜色，即以是色或描花一枝，或勾云一朵，置之案头，名曰诗笺。近来苏州仿造者甚众，但嫌其色过重，而又添五彩泥金，未能脱俗也。

又

吴门坊家仿造五色宣德纸①，颇为精工。其颜料不过胭脂、花青②、五倍子③，各用清水调匀，令极淡，以夹扇料纸刷之,深浅易色,阴干则成。

① 宣德纸:明代宣德年间安徽泾县制造的一种高档书画用纸,为著名贡品。专供皇室使用。 吴门:苏州。

② 花青:用天然植物制成蓝靛,再经提炼而成的青色颜料。

③ 五倍子:五倍子蚜寄生在盐肤木嫩叶或叶柄上,刺伤而生成的一种囊状虫瘿,是一味中药材。

水中丞

水中丞元属古窑瓷器为佳①,否则水晶者亦妙②。

① 水中丞:文房用具,也称"水丞",为贮存磨墨用水的水盂。一般为扁圆形,鼓腹,小口。水盂内一般置一小匙,磨墨时,以小匙舀水倒入砚膛。

② 水晶:一种透明的石英结晶体矿物。以无色为主,也有紫色、黄色、绿色、茶色、黑色等色。玻璃光泽,晶莹剔透。可制器皿或各种饰品。

书 镇

古玉最妙,其次则水晶、玛瑙。然不若青田石之淳朴可爱也①。

① 青田石:产于浙江青田,石色泛青,质地细腻。多用以制作印章或雕刻工艺品。

秘 阁

秘阁以竹为之①,颇雅;或用沉香②。全在作手工巧,自邀文人之珍惜矣。

① 秘阁：即臂搁，文房用具。拿毛笔书写时，用来枕手臂，既可防止衣袖或手臂沾染上未干透的墨迹，又能让臂部感觉舒适。

② 沉香：沉香木。产于热带，有香味，因质地密实，入水会沉，故称沉香，是一种名贵木材，可作香料或制成工艺品。

香几玩器

香几陈设玩器除炉、瓶外①，仍有他物可以助观。如几长则罗列三五件，几小只容一炉或一瓶而已。勿效世俗，以一炉居中，一瓶居左，一香圆盘居右②，觉刻画而无生动之致矣。

① 香几：陈放香炉的家具。详见本卷《清玩部·陈设·桌椅》篇注。

② 香圆：即香橼，详见本卷《清玩部·陈设·桌椅》篇注。

石

石为元章之友，曾具袍笏下拜①，最是高洁贤贞之品，几案间不可无也。以灵璧石为妙②，小山但取其玲珑，最怕其顽钝耳。

① "石为"二句：元章，即宋代书画家米芾，见卷四《文学部·图画·有派》注。具袍笏下拜，意谓穿好官袍，拿着上朝用的笏板，向石头行礼，以见郑重其事。米芾迷恋石头，故有此举。事见《宋史·文苑六·米芾传》。

② 灵璧石：中国著名观赏石，产于灵璧（今安徽灵璧县）。因叩之有声，也称磬石。

磬

美玉声清，古铜音咽，当以玉磬为第一。然铜磬如或藏有秦汉奇珍，虽不闻声，亦颇得趣。

盘

香圆、佛手宜用瓷盘①，不宜用铜盘。其五色石子以晶盘乘之②，殊为美观。

① 佛手：佛手柑，为芸香科植物佛手的果实，色泽金黄，香气浓郁；其形或有裂纹如拳，或张开如指，很像人手，故美其名曰"佛手"。古人常以香橼、佛手供奉神佛，或用作陈设清供之品。

② 五色石子：即五色石，因石呈五色而得名。其外形小巧玲珑，色泽艳丽，既可做饰品，也可盛于盘中供观赏。五色石主要产于黑龙江和嫩江流域，清代初期至中期较为多见，清末已稀见，今已绝迹。 晶盘：水晶做的盘。 乘：通"承"。此处意为盛放。

镜

古铜镜大而圆者，示木工雕以满云为座，取祥云捧日之义，置于中堂，殊觉雅俗共赏。小者亦可仿此点缀案头。然不若西洋所产之玻璃镜，不须拂拭，常自光明也。

如 意①

树根者甚为雅致，古玉者亦妙。维金银者窃恐徒污人目耳。

① 如意：一种象征祥瑞的工艺品，用金、玉、竹、木、牙等材料制作，

头部一般呈灵芝或云头形,柄微曲,供玩赏和陈设。

印　章

　　印章以玉者为佳,铜者次之,象牙、水晶者又次之。至青田、寿山等石①,不论其纽之玲珑,但就其物之古朴,亦可爱也。

　　① 青田:青田石。见前《书镇》篇注。　寿山:寿山石。产于福建寿山,石质温润,有红、黄、青、白、紫等色,是优良的印章用石,也可制作摆件。寿山石中的极品为田黄石。

都承盘①

　　一凡文房适用之具,俱可盛入于内,几案间所最要而不可阙少者也。予曾制尺许长、五寸阔、二寸高扁匣,以备收拾残编剩稿,名曰碎锦匣。既便且益也。

　　① 都承盘:收纳小件物品的盘子,多为木制,置于案头。

自鸣钟

　　西洋自鸣钟可为巧矣。贮之于书室中,及其时也,不扣自鸣,可以解宿醒而醒瞌睡,不亦妙乎?

葫　芦

　　葫芦可以盛贮诸物,岂独一长生不老丹而已? 挂于壁间,自有仙家风味。

盆　景

　　盆景中有花者，当其花时移贮室中，以佐清赏。至苍松、秀竹，亦应点缀一二盆于回廊曲槛间，自得清逸高闲之致矣。

看山阁闲笔卷十三

芳　香　部

　　春色无边,风光常满。一天开锦绣之纹,万里写晴明之景。莺簧呖呖①,工若调笙②;燕剪翻翻③,巧于学舞。山花如织,烟草若薰,何独姚黄魏紫以称奇④。艳艳皆珠明玉润,不维白李红桃之可爱,盈盈尽粉笑脂香⑤。正当佳日美景,既不由酒渴诗狂,虽具铁心石肠,亦必至情移意夺。于是乎春色并笔研以焕彩⑥,花光入翰墨而流香矣⑦。

　　① 莺簧:莺声。莺声优美,故以笙簧之声为喻。簧,乐器中有弹性的薄片,用以振动发声。

　　② 工若调笙:像吹笙一样精巧。工,精巧。调笙,吹笙。笙是一种管乐器。

　　③ 燕剪:燕尾。因燕尾分叉似剪,故称。

　　④ 姚黄魏紫:原指宋代洛阳的两种珍贵牡丹品种:姚黄,千叶黄花牡丹,出于姚氏民家;魏紫,千叶肉红牡丹,出于魏仁溥家。此泛指名贵花卉。

　　⑤ "盈盈"句下疑脱一句。

　　⑥ 笔研:笔砚。研通"砚"。

　　⑦ 翰墨:笔墨。

赏　花

　　山园日静，花径风甜，即一草一木，莫不怡人心，爽人目；况乎众香毕具，百态娟妍，既可人怜①，奚容不赏？然一瓯茶、一杯酒，吟风醉月，赏必求其宜也。乃为之书。

　　① 可人怜：值得人怜爱。

梅　花

　　梅花，清客也，和靖爱之而植①。周天之数②，吟咏甚富。赏宜启湘帘③，拂石榻，静坐于花间，吸清茗，读《汉书》，毋焚异香，毋对俗客，毋语世事，毋泛霞觞④，如是可以为和靖友矣。

　　① 和靖：宋代诗人林逋。详见卷一《人品部·居乡·立名》篇注。
　　② 周天之数：传说宋代易学家邵雍在观赏梅花时，看到几只麻雀在梅花枝头争吵，有所领悟，后来写下了《梅花易数》。此处即以周天易数来代指梅花。周天，一日为一小周天，一年为一大周天。
　　③ 湘帘：用湘妃竹做的帘子。
　　④ 泛霞觞：谓饮酒。霞觞，霞杯，酒杯的美称。

又

　　冰清玉润，足称出世之芳姿；貌婉心娴，洵是重闺之佳丽①。香入轻烟而宛宛②，色凝佳月以盈盈。当此时也，铁笛迎风，瑶琴横膝，抛残世上弹不了之棋局，收拾人间做不完之春梦。噫，非吾为之，其谁能之？

① 重闺：内室有几重的闺房，即深闺。

② 宛宛：盘旋貌。

又

疏影暗香，孤标别韵。且丽且妍，自得佳人之态；极清极冷，常怀君子之风。至若雪满山中，卧当林下，即使铁心石肠，亦为情移意夺。

又

梅花宜植于松冈竹圃间，另放一园，庶不失为岁寒三友[①]，鼎峙以垂清名也。

① 岁寒三友：松、竹冬日不凋，梅花迎寒而开，俗称"岁寒三友"。

桃　花

欲赏是花，必求一叶小舟，随风漂泊，芳香红雨，可许近攀远眺，自得武陵渔人误入花源之想也[①]。至若陆地赏桃，既不得其宜，而反增吾俗。君其慎之！

① "自得"句：典出晋陶渊明《桃花源记》："晋太元中，武陵人捕鱼为业。缘溪行，忘路之远近。忽逢桃花林，夹岸数百步，中无杂树，芳草鲜美，落英缤纷……"

又

既可助娇，尤能销恨，闺阁所宜植也。世俗忌之，吾亦莫知其所以然矣。

李 花

洁密其色，雅细其香。自明永夜，疑月穿廊。独酌一斗，放歌一章。谁曰不可，吾正徜徉。

梨 花

洛阳人携酒树下，为梨花洗妆，何韵如之？

又

梨花明月，自有空洞幽遐之思，最为清胜。宜入平林深处，斟美酒，唱琼枝碧月之词以下之①。

① 琼枝：玉树枝。梨花色白，故称。 碧月：碧天中的月亮。碧，青绿色玉石，后代指青绿色。 下之：谓下酒。

海 棠

是花之娇美在于半含不吐之时，不在已放全舒之际。更宜近觑，莫使远观，盖因花叶不甚巨耳。宜植于小轩槛外。当其时，启帘钩，设净几，焚意可一缕①，以补其香②。然后唤醒花睡，吾以轻脂淡粉为卿写照③。

① 意可：香名。据宋叶廷珪《海录碎事·饮食器用》记载：意可香初名宜爱香。据说是江南宫中所用香，因有美人字曰宜，爱此香，故名宜爱香。黄庭坚说："香殊不凡，而名乃有脂粉气。"于是改名为意可。意可，即可意，称人心意。

② 因海棠花无香味，故云。

③ 写照：即写真，画肖像。

玉 兰

琼林玉树，本出仙家，不意尘世得之。将有望于吾辈临风啸咏，舒泄其精灵邪？赏宜夜饮，燃蜡则不如坐月之妙矣。

又

姑苏虎丘山之玉兰房有玉兰一株，相传宋时栽植，千干万蕊，当盛开时，望之一玉山也。

山 茶

东坡诗云："谁怜儿女花，散入冰雪中。"正是惜花人语也。吾当美酒酬之。

牡 丹

人称牡丹为花王，因爱者甚众故耳。余请以从俗言之：是花名品最多，自宜尽植。当繁开时，设一障幔于花间，良朋好友当作不夜之饮，方与此花为称。

又

是花因其富丽，便近于俗。然其贞操劲节有不能屈者。曾经获罪于庭，而甘洛阳之贬①，其可敬乎！

①"曾经"二句：传说唐武则天于寒冬设宴赏花，诏令百花开放，唯牡丹不从，就将它从长安贬到洛阳。

芍 药

芍药一花，本不甚高，赏宜席地而坐。余尝拾庭砌之落花铺成一褥,为芳香簟①,团坐于上,传杯剧饮②,以酬此花。

① 簟:竹席。此指席。
② 剧饮:豪饮,痛饮。

又

是花宜就麓傍栏而植,方得幽致。勿效世俗置于高台,又入平坡,如种菜状,深可鄙也。

绣 球

赏是花者,宜晴旭东升,见碎云成朵之奇;夕阳西下,得团月窥枝之妙。

杜 鹃

斯花出自天台,信非凡种。当其放时,治美酒,奏雅乐,坐红裙队中,左顾右盼,足令人心神缱绻也。

石 榴

榴火灯天,夏日之妙景也,何可不赏?赏宜折供瓶中①,兼以冰山一座,置之席间,以其可少敌炎威耳。毋贳佳酿②,毋治美肴,毋选丝竹③,即剖榴房,取子,用绢囊漉而饮之④,曰红豆浆。不独雪梅沁人肺腑,此浆亦能润我肠胃。

① 供:供养。
② 贳(shì):赊欠。此指赊账购买。 佳酿:美酒。
③ 丝竹:弦乐器和竹管乐器,泛指音乐。

④ 漉：渗滤。

又

万绿丛中一点红，盖缘其炎夏无花故耳。园亭致不可少①。且榴火飞红，最为妙景，非比他卉，红则觉其俗也。

① 致：通"至"。极，最。

紫 薇

紫薇花对紫薇郎①，盖因其草诏花傍故耳②。至若花下论文，最得其趣。

① "紫薇花"句：白居易《紫薇花》诗："独坐黄昏谁是伴，紫薇花对紫薇郎。"唐开元元年，改中书省为紫微省，取天文紫微星垣为义。又在紫微省中种植紫薇花，故有"紫薇省"之称。紫薇郎，即紫微郎，中书郎的别称。

② 草诏：起草诏书。 傍：同"旁"。

兰 花

空谷幽兰，不言自芳，孔子是为《猗兰》之操①。余皆圣人之徒，当焚香对琴，重其声而和之②。

①《猗兰》之操：即《猗兰操》，琴曲名，相传为孔子所作。《乐府诗集》五八《琴曲歌辞·猗兰操》引《琴操》：孔子"自卫反鲁，隐谷之中，见香兰独茂，喟然叹曰：'兰当为王者香，今乃独茂，与众草为伍。'乃止车援琴鼓之，自伤不逢时，托辞于香兰云。"曲名《猗兰操》，也称《幽兰操》。

② 重：重复。

又

兰独守贞择禄，不类他卉①。置之盆中，携近书案间，自有一种善气迎人。

① "兰独"二句：典出唐杨夔《植兰说》："或植兰荃，鄙不遹茂。乃法圃师（园艺师）汲秽以溉，而兰净荃洁，非类乎众莽。苗既骤悴，根亦旋腐。噫！贞哉兰荃欤！迟发舒守其元和，虽瘠而茂也。假杂壤乱其天真，虽沃而毙也。守贞介而择禄者，其兰荃乎？……"此处乃以拟人手法写兰。择禄，选择俸禄，即有所选择而不轻易出来做官。

又

兰之品类最多，色色俱可去俗①，当为珍之，以作盆玩②。若置之庭砌③，与众草为伍，既不能舒其志，亦无所见其长，何异士之困穷不遇者哉？

① 色色：样样。

② 盆玩：盆景。

③ 庭砌：此指庭院。

荷 花

莲宜远观。去池塘数武①，自有清香射人。游赏之时，四牖洞开②，设小席于其间，知己团坐，按红牙③，品紫箫④，歌自制词，尽醉花间。

① 数武：数步。武，半步，泛指脚步。

② 牖（yǒu）：窗户。

③ 红牙：红牙板，乐器名，用来调节音乐节拍的拍板。多用檀木做

成，色红，故名。

④ 紫箫：用紫竹制成的箫。

又

荷池必须宽长，更作盘曲之势，以备携舟相赏。侵晓开放时①，缓步至池上，自有一种清芬之气透入怀抱，益远益清，深得君子之风味也。于是濂溪爱之②。

① 侵晓：拂晓，天色渐亮时。

② 濂溪爱之：周敦颐，字茂叔，号濂溪，道州营道县（今湖南道县）人。宋代理学开山祖师。历任分宁主簿、桂阳县令、南昌知县、郴州知府，官至广东转运判官。治绩甚著。有《太极图说》、《通书》等。生平喜爱荷花，曾撰《爱莲说》一文脍炙人口，使他成为古代文人爱莲者的代表。

桂 花

赏桂之地，不宜画堂，不宜幽室，不宜水榭，不宜月廊；独宜于山岩凸处，建有层楼，一林金粟①，可许凭槛而得，一名天香阁，一名岩桂亭。娇丝急管②，声彻于中，似欲吹开不夜之天，仿佛游于广寒间矣③。

① 金粟：指桂花。桂花金色，形小巧如粟米，故称。

② 娇丝急管：谓节奏时而柔美舒缓时而高亢激越的乐声。丝，弦乐器；管，管乐器。此处泛指音乐。

③ "仿佛"句：传说月中有桂树，故云。广寒，广寒宫，指月宫。

菊 花

菊乃隐逸之花，赏宜去俗。或晓林僻径，提筐采珠；或夜月闲帘,挥毫怜影,庶东篱老子不我遐弃矣①。

① 东篱老子:此指陶渊明。　遐弃:远远抛弃。

芙 蓉

芙蓉为秋色之最可爱者①。余常以小船荡桨至秋江之畔,短笛空腔,坐花待月,恍疑深入花城,畅观锦绣也。

① 芙蓉:指锦葵科植物木芙蓉,原产于我国。深秋开花。其花清晨开放时呈乳白或粉红色,傍晚变为深红色。宜植于水滨,波光花影,相映益妍。

又

芙蓉为秋花之最秾艳而极娇妖者也。相赏必须纵饮,醉则投枕于其下。偶有客至,寻之不值,乃谓童子曰:"主人何往?"童子答曰:"顷已大醉,高卧芙蓉帐中矣。"

又

是花当栽于涧边溪畔,使其斜临水镜,而生动更觉可人。至山崖陆地,非所宜也。

水 仙

盆花之妙,莫过于水仙。偶植数本,置之几案间,自觉冷艳绝尘,寒香可掬。

剪春罗　金钱花

此二花俱以瓷瓶插供,方得其雅。

茉　莉

茉莉是抹丽也,掩众芳而杰出者,故名之。宜植盆中,置之榻边,可作冷香清梦之思。

凤　仙

凤仙取瓣染指甲,韵矣;更以点唇,未尝不可。张宛丘呼为菊婢①,宜置于黄花之畔,以称其名。

①"张宛丘"句:语出李时珍《本草纲目》卷一七《草部·凤仙》条。张宛丘,即张耒,字文潜,号柯山,人称宛丘先生。淮阴(今江苏淮阴)人。北宋文学家。曾受知于苏轼、苏辙兄弟,为"苏门四学士"之一。弱冠第进士,历知润、兖、颍、汝等州,因党籍落职被贬。菊婢,典出张耒《柯山集》卷八《自淮阴被命守宣城复过楚雨中遇道孚因同诵楚词为书此以足楚词》:"秋庭新过雨,佳菊独秀先。含芳良未展,风气已清妍。金凤汝妾婢,红紫徒相鲜……"按,金凤,金凤花,凤仙花别称。

合欢　萱草

合欢捐忿,萱草忘忧①,均属儿女子之花。宜拥红粉一行②,以佐其赏。

①"合欢"二句:古人以为食用合欢树上开的合欢花,可以去除怒气;食用萱草花能解愁忘忧。嵇康《养生论》云:"合欢蠲忿,萱草忘忧。"捐,除去。忿,愤怒。萱草,一名忘忧草。萱草花可食用,称金针菜、黄花菜。

②红粉:女子化妆用的胭脂和铅粉。此处借指美女。

葵 花

葵心倾日,似有烈丈夫之气。宜景行而勿使亵玩焉①。

① 景行:景仰。

罂 粟

是花宜于层楼槛畔,率意观之,自有蒸霞之妙。

虞美人

庭砌幽花皆可赏玩,独虞美人之草更不可忽者,以其乘微风而能舞细腰也。宜置盆中,勿使苦雨摧损其容,勿使众草蒙闭其态。然草易除而雨不可避也。法当用幔架于盆上,置之小庭石几之畔。彼菖蒲清品,虽上一层,而此花能雅俗共赏,安知其为下下哉?

蔷 薇

醉红不自力,狂艳如索扶①。是宜乎用索以扶之矣②。余于山亭峭壁之处植此花,用索引以高举。春暖花开,望之如霞如锦,已极游目,因把酒其下而赋诗焉。

① "醉红"二句:出唐孟郊《孟东野诗集》卷九《邀人赏蔷薇》诗:"蜀色庶可比,楚丛亦应无。醉红不自力,狂艳如索扶。丽蕊惜未扫,宛枝长更纤。何人是花侯,诗老强相呼。"索,求。
② 索:大绳子。

秋海棠

秋海棠于石坡庭砌间不可少也。亦可作盆玩,置之回廊曲槛,颇得幽情。

酴醾

开到酴醾花事了,当饮葡萄数斛①,烂醉花间,口占送春诗数章以自适也。

① 葡萄:指用葡萄酿的酒。

梧 桐

秋夜境清,携一竹榻相就桐阴之下,坐以待月。

松

自号七松处士①,可对五柳先生②。清远独步,潇洒不群。当其夜静窗虚,万斛涛声惠人清听耳。

① 七松处士:典出《新唐书·郑薰传》:郑薰,字子溥。擢进士第,官吏部侍郎。宰相杜悰才其人,几度提拔,均婉拒,后官左丞,以太子少师致仕。既老,号所居为隐岩,植松于庭,号七松处士。
② 五柳先生:即陶渊明。生平参见卷四《文学部·诗书·宜水槛》篇注。渊明《五柳先生传》谓:"先生不知何许人也,亦不详其姓字。宅边有五柳树,因以为号焉⋯⋯"该文实即自传。

竹

惟竹能医人俗,所居不可无也。乃放一竹圃,植有千竿,足可以潜避我身,其志乐乎!

垂　柳

夕阳西下,以小舟入垂杨深处,出竹笛一声响亮,若春江渔人,有烟水忘机之乐。

芭　蕉

蕉绿窗前,极为凉爽。当盛夏时,科头赤足[①],高卧其下,觉清气自生,炎威顿解。

① 科头:不戴冠帽,裸露头髻。

金莲宝相

即美人蕉也。产福州,冬夏不凋。花作红、黄色,瓣大于莲,故名之,最为美观。

鸡冠花

培植是花,全以剥子为要。其干纤细而花若剪绒者为佳。叶必须完全,毋使残阙。然沾染泥水,即易朽烂;若于石砌长出,可无此患,且不甚高。秋色之上品也,尤不可忽。

枫　树

枫叶之美,红黄相间,胜于春花。余曾有诗云:"朝来雨过丹枫下,疑是花源欲放舟。"其情景如在目前也。

棕榈树

棕榈树,园亭所宜,回廊曲槛栽植数本①,殊有幽致。

① 数本:数棵。本,株,棵。

柳 杉

干直而不屈,叶细而常垂。其深阴秾绿照满窗前,盛夏时,堪于其下纳凉。严冬虽不甚凋残,然其色渐觉衰退。春日仍然如旧。

盆 景

盆景贵乎天然,不假雕琢;花树必须苍古,错节盘根,皆其自成。如稍攀扎,即不足观矣。

菖 蒲

菖蒲固为佳品,置之案头,久视可以清心明目,书室中所不可少也。

黄 杨

细叶黄杨以处窑盆①。

① 处:安置。 窑盆:窑中烧造的陶盆或瓷盆。

梅 桩

南京有扎缚盆梅,枝干下垂,俗呼为罗汉头者,虽得情致,然不若天成老梅苍古秀劲,其枝干有横斜之势,而无拘束之苦,出其自然。当知人力宁若天工之巧邪!

兰

凡种兰,盆底多覆瓦片,以泻水为要。不宜肥土,只就山泥入其根隙,以盛满为度,毋使根隙空虚,灌以草汁。夏炎土燥,常以清水润泽,次年花自繁多。惟建兰有浇豆汁者,然虑其叶上易于生虱,慎之。其蕙兰服盆者最为罕得①,尤当珍之。

① 服盆:适应花盆内土壤环境。

缨络柏

宜用白石长盆,叠山盛水,于石坡畔植之,颇得画意。

凡花树俱可作盆景,难于苍古奇异。苟或得之,又须于苍古奇异中求其自然,而无一毫屈曲勉强。体致既已兼备,情景亦必相生,始可供幽人之清玩矣。

附栽培花果法

肥 土

种花欲得花多,须用肥土。以猪脂和土,俟发热过用之,则明年花盛。

催 花

用马粪浸水浇之,三四日后开者次日尽开。

墨　梅

苦楝树接梅，则成墨梅；冬青树接梅，则开洒墨[①]。

① 洒墨：指花瓣上布有黑色斑点的梅花。

桃　树

桃树不能永年，俗呼为短命树。俟栽出二三年后，以刀斫去，根上长出，再斫去，则百年长盛。

移　树

凡花木有直根一条，谓之命根。趁小栽时便盘之，或以砖瓦承之，则他日易移。

树　茂

树老，以钟乳末和泥，于根上揭去皮抹之，树复茂。

多　果

凿果树，纳少许钟乳末，则子多而且美。但木有雌雄，雄者多不实，可凿木作方寸穴，取雌木填之，乃实。

除　虫

果树如多刺毛诸虫，夏间每夜做蚊烟熏其下，则无。

辟　蠹

果树有蠹虫者，以芫花纳孔中[①]，即除，或百部叶[②]。

① 芫花：中药名，为瑞香科植物芫花的干燥花蕾，有毒，可杀虫。
② 百部：中药名，外用可杀虫。

种　树

凡种树宜望前①，望后则少实。

① 望：月圆之时。常指农历每月十五日。

忌　摘

花果如曾经孝子及孕妇手折，则数年不着花，或不甚结实。

种　果

凡果须候肉烂，和核种之，否则不类其种。

接　树

梅树接桃则脆。

桃树接杏则大。

桃树接李则红而甘。

柿树接桃则成金桃。

桑上接杨梅则不酸。

桑上接李则脆而甘。

种　兰

兰系肉根，经水易于腐烂，盆内多贮瓦砾，务令泻水。春则畏风摧残其叶，冬则虑雪冰损其根。有云：春不出，夏不人，秋不干，冬不湿。道在是矣。

种　竹

　　五月十三日为竹醉日，可种。又山谷谓竹须辰日种①。又有云："种竹无时，遇雨便移。多留宿土，记取南枝。"②

　　① 山谷：宋代文学家黄庭坚，号山谷道人。见卷一《文学部·居乡·立名》篇注。

　　② "种竹"四句：出宋林洪《山家清事·种竹法》。

看山阁闲笔卷十四

芳 香 部

佳日临春,暖香惹梦。柳迎风以烁烁摇金,梨带雨而晶晶舞雪。玳瑁筵前[1],檀口并芳兰争吐[2];芙蓉帐底,容光与花色齐飞。春情莫限,有几何绿愁红怨之堪怜;光景无边,抵多少粉笑脂香之可爱。纤毫一寸,写不穷艳态千般;锦字数行[3],描不出丽情万状。愧未能展素怀而气吐心雄,且借酒以浇块垒;只不过借幽境而声哀肠断,聊移情以涤尘氛。窃恐笔花放处,又作一场春梦归来也。

① 玳瑁筵:以玳瑁装饰几案餐具的宴席,指盛宴。《初学记》卷十引三国魏刘桢《瓜赋序》:"布象牙之席,薰玳瑁之筵。"玳瑁,海洋动物,似海龟。背上有甲,呈覆瓦状排列,表面光滑,有褐色和淡黄色相间的花纹,可做装饰品,也可入药。

② 檀口:浅红的嘴唇。多用以形容女子嘴唇之美。檀,浅红色。

③ 锦字:喻华美的文辞。

闺 阁

凡花取其香之最幽者莫如兰,色之最洁者莫如梅。盖其香幽而色洁,所以贵也。牡丹虽丽而香太浓,桃花颇娇而色过重,不足为第一佳品也。闺阁亦然。虽极佳丽而无兰蕙之芳,虽极俊雅而无梅花之韵,既不足神情散朗而有林下风,亦不得风骨萧疏而有世外致,犹花之非兰而香不幽,非梅而色不洁,未可称为绝代佳人也。然必须丽而得兰蕙之幽,雅而得梅花之洁,淡妆浓抹,尤在善于润色,勿至污秽粉脂,埋没珠翠①,庶得清真面目矣。

① "勿至"二句:意谓不至于被脂粉污染,被珠宝首饰掩盖。

德　行

情性温和,言辞柔顺,如冰之清,似雪之洁。香闺小步,必闻鸣玉之声;绣阁微吟,直吐芳兰之韵。姿容娇丽,而难不失端庄;体态轻盈,最喜仍归闲静。奉翁姑维孝①,视子女则慈,乃不愧淑女之宗、梱范之首也②。

① 翁姑:公公和婆婆。
② 梱(kǔn)范:妇女的道德规范。梱,通"阃",指妇女居住的内室。

好文墨

闺房好文墨,其幽闲贞静之旨已获半矣。故因乎可以养性安情,得灵慧澹远之境而然也。世俗谓女子不宜识字读书,谬矣。夫读书,明理也。未有欲明理而反为理所闭也。古来贤女如孟光、陶婴①,其非识字读书者邪?

① 孟光:字德曜,东汉梁鸿妻。扶风平陵(今陕西咸阳西北)人。

与鸿隐居霸陵山中，以耕织为业，咏诗书以自娱。后随鸿至吴地，鸿因贫困，为人佣工，每归，光为具食，举案齐眉，恭敬尽礼。　陶婴：春秋时鲁国陶门之女。少寡，养幼孤，以纺织为生。鲁人或闻其义，想求娶。婴闻之，乃作《黄鹄之歌》以明志，鲁人遂不敢再求。

善挥洒

王夫人诗①、卫夫人书②、管夫人画③，可谓女中三杰。今之闺秀，虽或具倾城倾国之姿，而终无一才一技之雅，未免鄙作没字碑④，仅可处之吃饭也。

① 王夫人：此指晋谢道韫，谢安侄女，王凝之之妻，有诗才。《晋书·王凝之妻谢氏》："初，同郡张玄妹亦有才质，适（嫁）于顾氏，玄每称之，以敌道韫。有济尼者，游于二家。或问之，济尼答曰：'王夫人神情散朗，故有林下风气；顾家妇清心玉映，自是闺房之秀。'道韫所著诗赋诔颂并传于世。"

② 卫夫人：晋代书法家卫铄。详见卷四《文学部·法书》篇注。

③ 管夫人：即管道升，字仲姬，元代吴兴（今浙江吴兴）人，赵孟頫妻。善画梅、兰、墨竹，也工山水佛像。

④ 没字碑：见卷六《仕宦部·供职·政略》注。

德容兼备

女子重于德，轻于容。然德者蕴于中而难知，容者形于外而易接。大凡姿容绝世，而德行亦必过人。欲求德行，当先择其姿容也。陶婴之贞①、绿珠之烈②、道韫之解围③、络秀之屈节④，宁非有德有容，德容兼备者邪？

① "陶婴"句：见前《好文墨》篇注。

②"绿珠"句:晋石崇歌妓,善吹笛。赵王司马伦的宠臣孙秀向石崇索要绿珠,石崇拒绝。于是孙秀就鼓动司马伦杀石崇。甲士到门逮石崇,绿珠跳楼自尽。

③"道韫"句:典出《晋书·王凝之妻谢氏传》:"凝之弟献之尝与宾客谈议,词理将屈。道韫遣婢白献之曰:'欲为小郎解围。'乃施青绫步障自蔽,申献之前议,客不能屈。"大意是:王献之与人辩论,将要理屈词穷,谢道韫在布幕后参与讨论,阐发献之之前的观点,在座的客人不能辩倒她。

④"络秀"句:晋代周颛的母亲李氏,字络秀。家贫,屈节为周浚妾,以为父母分忧。见《晋书·列女·周颛母李氏传》。

言　笑

闺闱之所宜推重者,在端庄,不在巧笑;在清真,不在装饰。然极其端庄者固难,而善于巧笑者亦复不易。总之,独能清真,毫无假饰为贵也。不宜过于端庄,虽宴游娱乐之间,穷德求行常见于辞①,宛然一迂阔头巾气象②,反觉有装饰之可嫌。至若终于巧笑,即行动坐卧之下,语谑言嘲不绝于口,类乎一妖淫脂粉形容③,而犹殊失清真之致。夫端庄者,不出幽闲贞静;巧笑者,无非雪月风花。在幽闲贞静,实女子分所当然;而雪月风花,亦闺房情所不免。至若处之中庸,得其公正,幽闲贞静之旨既不可无,雪月风花之韵亦不可少。但使外形巧笑而内蕴端庄,不可外示端庄而内藏巧笑。盖端庄能包巧笑之荒④,既蓄于内,维常愁其不足;巧笑可典端庄之雅,虽浮于外,亦何虑其有馀。如巧笑而不端庄,深惜其无兰蕙之芳,即遇好逑,终非淑女⑤;端庄而不巧笑,未见其有窈窕之美,虽属名花,不能解语。均为恨事也。

① 穷德求行：谓刻意竭力追求德行。

② 头巾气象：指读书人的迂腐景象。头巾，明清时读书人头上戴的儒巾。

③ 类：原作"累"，误，据文意改。

④ 荒：不足。

⑤ "即遇"二句：《诗经·关雎》："关关雎鸠，在河之洲。窈窕淑女，君子好逑。"好逑，佳偶。逑，配偶。

性　情

性淡如菊，情幽似兰。于情于性，澹而且闲。独取其灵慧，不厌其痴憨。最羡其无珠翠之香，尤难其有须眉之气①。

① 须眉：指男子。古人以为男子之美在胡须与眉毛，故称男子为须眉。

举　止

性情既已温柔，举止必须窈窕。偶来月下，影翩翩试舞碧衫之袖；独立风前，声珊珊时鸣白玉之环。争春桃杏，怪其铅华①；入室芝兰②，喜于芳韵。

① 铅华：古代妇女搽脸用的妆粉。因添加铅，故称。泛指化妆。

② 芝兰：芝和兰，均为香草，古代常用作芳香美好事物的代表。一说芝通"芷"，芷，香草名。

态　度

腰纤何欠力，体弱不胜衣。独立小窗下，临风常欲飞。皆形态度之妙也。至若清歌艳舞，另有一种态度，如乳燕入梨花而舞雪①，流莺穿杨柳以调笙是也②。噫，风日将酣，时光欲醉，可思可想，正在海棠睡未足之间耳③。凡女子得闺房之秀、林下之风者，则飘然有超尘脱俗之态，清远空明之度，非可一类而推也。

① 舞雪：在雪中飞舞。梨花色白如雪，故云。

② 调笙：吹笙。此处喻指莺鸣。莺声婉转优美，故有此譬。

③ 海棠睡未足：《太真外传》："上皇登沉香亭，诏太真妃子。妃子时卯醉未醒，命力士从侍儿扶掖而至。妃子醉颜残妆，鬓乱钗横，不能再拜。上笑曰：'岂是妃子醉，真海棠睡未足耳。'"后以"海棠睡未足"喻美人半醉半醒之状。

侠　气

古来女子侠气，维木兰一人而已①。后之闺阁虽欲效之，不可得也。宜设一剑于床头，即不得公孙大娘善舞之法②，然亦可借此以市其侠气也。

① 木兰：古代民间传说中的女英雄。她女扮男装，代父从军，最后凯旋归来。参见《乐府诗集》卷二五《横吹曲辞·梁鼓角横吹曲·木兰诗二首》。

② 公孙大娘：唐代舞伎，善舞剑器。参见卷四《文学部》注。

梳　妆

梳妆之宜淡而不宜秾者，盖淡则雅，秾则俗也。周禁天下妇人不得施粉黛，皆黄眉墨妆。其法至善，惜乎未得行之久远。自汉唐以来，渐近骄侈，相尚靡丽，其妆饰工巧日异时新，不可为训①。然闺房膏沐亦不可不稍为润色②。总以俭约为主，勿借珠翠以市秾艳，勿使粉脂以污清真。贵在淡妆，贱于浓抹。随时变通，雅俗自别。如檐梅落额，即助寿阳最妙之妆③，于极浅薄中而得最佳丽也。

① 不可为训：不能当作典范或法则。训，准则。
② 膏沐：梳洗妆扮。膏，润发的油膏。沐，洗发用的米汁。
③ 寿阳：寿阳公主，南朝宋武帝女。据《太平御览》卷九七〇引《宋书》说：一日，寿阳公主睡在含章殿檐下，一朵梅花恰好飘落在额上，拂之不去，意外成就了梅花妆，后来被人仿效。

整　容

容欲芳美，以钟乳石研极细为粉，和胭脂少许，入蔷薇露搽之。盖钟乳令去斑，胭脂以助色，花露能清润芳气耳。如更欲光华，昔人已传有诀，悉附录之。

附方

三月三日收桃花，七月七日收鸡血，二味和涂。至三四日脱下，则颜色自美。

又

蜜陀僧如金色者一两①，研绝细，或蜜或乳，调如薄糊，略蒸带熟，每夜傅脸②，次早洗去，半月之后，容必光彩矣。

① 蜜陀僧：也作"密陀僧"，一种矿物，含氧化铅。可入药。
② 傅：原作"传"，误，据文意改。

掠　鬟

云鬟斜拖，花钿低贴①，一段风流先已透入菱花镜中矣②。

然鬓发易秃,近来甚多描画者,殊不足观。因附一方于左。

① 花钿:古代女子贴在两鬓、眉间或面颊上的一种裁成图案形的装饰物。

② 菱花镜:古铜镜常作六角形或背面刻有菱花,称菱花镜。后亦以菱花镜作为镜的代名词。

附治鬓秃方

腊月猪脂二两,生铁末研极细者二两,先以醋泔净洗秃处,复以生布揩令大热,却用猪脂研入生铁末,煮沸二三度,傅之渐生①。

① 傅:原作"傳",误,据文意改。

挽 髻

髻乃束发之具,审发之多少,定髻之大小,毋过高,亦毋过矮。昔人制髻之意,元因发有短秃,不过借此以藏拙而饰观者也。在春冬颇宜,簪则用玳瑁为雅,髻畔以梅花一枝蔽之。夏秋时既有委地长发,何不卷以为新兴之髻,上插碧玉搔头一枝①,兼缀幽兰二朵足矣。

① 碧玉搔头:即碧玉制成的发簪。搔头,簪的别称。

附治发少方

侧柏叶不拘多少①,阴干为末,和香油涂之,其发自生且黑。

① 侧柏叶：柏科植物侧柏的嫩枝叶。气微香，味苦涩，有止血、止咳喘、乌须发之功效。

又

取羊尿不拘多少，纳鲫鱼腹中，用瓦缶固济烧灰①，和香油涂发，数日渐渐长而黑矣。

① 瓦缶(fǒu)：瓦罐，小口大腹。　固济：密封好。

画　眉

曲如新月，淡若远山，能不加黛，自有天然之致，方为贵品。古用螺绿画长蛾①，虽属俊美，尚嫌其色太重，较今辄以柳条炭涂抹者为何如邪？其柳炭既不可用，而螺绿亦不易得。莫若以蔷薇露润泽之，则自紧密而不疏散，既明净，且淡雅矣。恐京兆之笔②，未有如此流香含韵之妙。

① 螺绿：亦名蛾绿，即螺黛，全称螺子黛，为古代妇女用来画眉毛的一种青黑色矿物颜料。《说郛》卷七八引唐颜师古《隋遗录》："绛仙(吴绛仙)善画长蛾眉……由是殿脚女争效为长蛾眉，司宫吏日给螺子黛五斛，号为蛾绿。螺子黛出波斯国，每颗直十金。"

② 京兆：指张敞，字子高，汉宣帝时为京兆尹。据《汉书·张敞传》记载，敞"为妇(妻)画眉，长安中传张京兆眉怃(眉样妩媚可爱)"。

点　唇

点唇宜以花露调脂，则红鲜芳美矣。

宝　饰

珠翠之于步摇①，玉饰之于搔头，均属至精之品，四季可用。至于金凤银鹅，春冬乃可；而珠珰玉钗②，则在夏秋间宜矣。然大凡宝饰，以碧玉、水晶为上，玳瑁次之，珊瑚、玛瑙、蜜蜡、琥珀又次之。古玉尤妙。水晶有五色，白色光明者可爱。珊瑚以樱桃红为佳，蜜蜡以松花黄为美，皆可制用。独以金银为饰，不维不雅，殊觉俗气熏人。铜者更为可憎，且易损发，慎之。

① 步摇：古代妇女的一种首饰。多用黄金打造成龙凤、鸟兽、花枝等形，上缀垂珠，行步则摇动。

② 珠珰：缀珠的耳饰。

插　花

插戴花枝，必宜选择花之半含者，勿得过于红艳。如幽兰、茉莉、梅花、水仙，妆饰所最宜者。但幽兰花稍大，仅可一二朵，馀则不妨倍之。凡簪花不取秾艳者，盖因女子志贵乎洁，所以妆饰必宜浅淡也。

脂　粉

佳丽若假以脂粉色泽，即非佳丽可知矣。夫脂粉，俗物也，但可施于平庸之貌，不得用于出众之姿。若不分美恶，全以脂粉为容，则何取其出众？总类乎平庸矣。既不能挹其清芬①，而反加之污秽，抹煞天然真致，良可惜也。然古之佳人美女，亦皆以之润色，未尝屏弃，但不过浅施淡粉，薄染轻脂，借脂粉之铅华，标形容之美丽耳。岂全以脂粉涂抹而效三家村媪之伎俩邪②？

① 挹（yì）：吸取。

② 三家村：人烟稀少的偏僻小村庄。　媪（ǎo）：妇女。

服　式

服式不可过称。如紫、绿二色，最易近俗，不足取也。其浅而雅，素而艳，庶足称佳人之服者，莫如东方亮、秋葵色、海棠红、竹根青矣①。或绫或绸，以细花佳。如锦段，滞而不流，板而不活，未能展舒其袅娜之妙。如欲华丽，不妨以玄色金锦狭狭镶边②，不过三分，再以瓣线沿锦而挂之，名曰小镶，亦甚雅致。至织锦、绣花、洒绒之类，盛服也，当配妆饰之金凤银鹅，以备岁时腊日庆贺之用，非家常所宜者。夏日服轻罗衫，覆以玄色漏纱比甲③；或浅碧罗衫相映出大红抹胸④，正所谓"翠袖卷纱红映肉"也⑤。下拖细简八幅湘裙，深藏莲花二瓣⑥。其非巫山神女游戏于尘凡者邪？

① 东方亮：白里泛青的颜色。　秋葵色：浅黄色。　海棠红：淡紫红色，较桃红色略深。　竹根青：青中泛黄的颜色。

② 玄色：黑色。

③ 比甲：一种无袖无领，长至臀部、膝部或膝下的马甲。

④ 抹胸：古代妇女的胸衣，俗称肚兜。

⑤ "翠袖卷纱"句：语出宋代苏轼《寓居定慧院之东杂花满山有海棠一株土人不知贵也》诗。

⑥ 莲花二瓣：此指女子两足。《南史·齐东昏侯纪》："又凿金为莲花以帖地，令潘妃行其上，曰：'此步步生莲花也。'"后以金莲或莲指女子纤足。

妇道重在端庄,轻于妖艳。虽钗荆裙布①,亦必不抹
其本真;即玉珮珠冠,反觉益增其俗气。身随蛱蝶②,岂因
锦绣生香;帐覆芙蓉③,何在粉脂弄色?假如腰翻杨柳,步
踏莲花,欲知其袅娜轻盈之畔,未尝于繁华粉饰之中。应
遵圣朝崇俭维风,勿蹈世俗骄奢陋习。陡觉相生兰蕙奇
芬,自得幽闲佳致矣。

戊辰春三月二日守真子题

① 钗荆裙布:用荆树枝做发钗,粗布料做裙。形容妇女装束俭朴。
② 身随蛱(jiá)蝶:倒装句,即蛱蝶随身。蛱蝶,蝴蝶的一种。
③ 帐覆芙蓉:即芙蓉帐覆。芙蓉帐,用芙蓉花染缯制成的帐子。
泛指华丽的帐子。《成都记》:"(孟后主)以(芙蓉)花染缯为帐,名芙
蓉帐。"

闺 房 乐 事

日丽金闺,春明绣阁。花香似雾,禽语如歌。莫不景
逐情生,情随景发。炉香茗碗,梱内岂无名士风流①;琴韵
书声,女中偏有须眉气象。幽闲若兰蕙之芬芳,贞静似松
筠之潇洒。无瑕白璧,一腔素志堪酬;不染红尘,两字金
针非俗。

① 梱(kǔn)内:闺房内。梱,通"阃"。

焚 香

色贵乎活,而香亦须活。如佳人不饰粉脂,天然俊美,谓

之活色；如花枝正酣风日，自吐幽芳，谓之活香。沉降虽佳[1]，宁若芝兰之美？花时不宜焚烧，恐致烟火灭其芳韵。犹佳人色本清艳，而反为脂粉所污，岂不惜哉！但非花时，不得不以烟火生活。只宜少焚，不可过烧。盖因体不禁风，而芳心岂宜久为熏炙也。

[1] 沉降：沉香和降真香，分别以沉香木和降真木为原料制成，均为古代名香。若以沉香粉做篆香，需加少量降真香，方能提出至真至纯的香气。降，原作"桦"，误，据文意改。

抚　琴

佳人不能弹琴，亦为阙事[1]。然床头不得不蓄琴一张，虽不具徽弦，亦可领略其中趣也。

[1] 阙事：遗憾的事。阙，同"缺"，缺憾。

藏　书

闺阁中若拥书万卷，即不能读，亦觉幽韵自生，俗尘销尽矣。

学　书

女子学书，虽无劲笔，惟取其秀色可餐，而得窈窕幽闲之致，为第一佳品无疑也。宜以《十三行》时时习之[1]，欲为博士，亦何难哉？

[1] 十三行：晋王献之所书写的三国魏曹植《洛神赋》真迹，至南宋

时仅存十三行,共二百五十字,故名。此指《十三行》碑帖。

画 花

鲜花活卉,出之于佳人手中,自然芳美。且以笔为针,以墨为线,描尽三春风景,绣成一幅画图;虽出名媛之手,恰得高人之致。

吟 哦

女子难在有书气,易在有俗气。贵在卓然有丈夫气,贱在靡然有粉黛气。如吟哦声不绝于口,则可必其有书气矣[①]。既有书气,则俗气可消,自具丈夫之节,不为粉黛之容,可不敬哉?

① 必:肯定,断定。

供 花

供花之手,即是画花之笔;画花既别阴阳反正,供花亦必参差错落。不宜过多,但须选择名种,不使杂乱,庶足雅观。处之芳闺绣闼间,尤须精洁之品,非幽兰、水仙、梅花、海棠者不可。切勿惑以牡丹为花王,取其有富贵态度也。

烹 茶

扫雪烹茶,足称韵事。更以梅花和雪烹而嚼之,高洁幽芳兼而有之矣。

秋 千

春昼秋千,深闺乐事中之第一神妙者也。羽衣红裳,御天风盘旋于碧云之上,其一种蹁跹态度,若飞若舞,恍忽有神女临凡之想。所谓半仙戏者,何妙如之?

剪 彩

隋园剪彩①,虽属胜事,但嫌其过于奢侈,不可效也。维立春日,古时妇女剪彩为燕以戴,殊有妙旨。或以白玉燕钗代之,聊应时景也。

① 隋园剪彩:据《资治通鉴》卷一百八十《隋纪四》载,隋炀帝筑西苑,宫树秋冬凋落,则剪彩绸为花叶,缀于枝条,颜色褪去就换上新的,常如阳春。隋园,隋代的宫苑,即西苑。彩,各种颜色的丝绸。

油花卜

"池阳上巳日,妇女以荠花点油,祝而洒之水中,若成龙凤、花卉之状者,则吉,谓之油花卜。"①既未能免俗,且借以遣怀,亦一法也。

① 出五代张泌《妆楼记》。上巳日,谓农历三月初上巳节。

斗 草

踏青斗草,佳人韵事。手提筠篮,各求异草,团坐于碧蒲席上,卷罗袖,出春纤①,从容斗之,不觉草薰入韵,笑语生风。窃恐石家斗宝②,未有如此香温玉软之妙③也。

① 春纤:形容女子纤细的手指。《古诗十九首》:"纤纤擢素手。"此处代指女子手指。
② 石家斗宝:晋石崇,字季伦,生于青州(今山东青州)。官至卫尉

卿。因劫掠商客而成巨富,于河阳建金谷园,极尽奢华。后被杀。据《世说新语·汰侈》记载:武帝"尝以一珊瑚树高二尺许赐恺,枝柯扶疏,世罕其比。恺以示崇。崇视讫,以铁如意击之,应手而碎。恺既惋惜,又以为嫉己之宝,声色甚厉。崇曰:'不足恨,今还卿。'乃命左右悉取珊瑚树,有三尺四尺,条干绝世、光彩溢目者六七枚,如恺许比甚众。恺惘然自失。"

③ 香温玉软:即软玉温香。形容年轻女子肌肤洁白柔软,温暖芳香,散发着青春气息。

乞 巧

拈针乞巧,芳闺奇景,不可不为也。唐宫中以锦线结楼殿,陈花果酒炙,以祀牛女,于是士民皆效之。然莫妙于结花为棚,陈酒,奏玉宇无尘之乐,浮针卜巧①,以极其胜。

① 浮针卜巧:将一枚绣花针轻轻投在水面,让它浮着,在日光下看水底针影作何状,以卜女子巧拙。

纳 凉

兰汤浴罢,披碧纱衫,系红罗裙,斜倚药栏,出菱花镜照之,拭眉润唇,掠乌鸦鬓①,整玉燕钗,簪幽兰花,执芳姿扇,轻移莲步,至万绿丛中闲坐,芭蕉叶上吸露润肺,追风纳凉,何韵如之!窃恐温泉出浴,未有若是之幽情,亦未有若是之乐境也。

① 乌鸦鬓:妇女黑色的鬓发。

待 月

秋夜新凉,桂香浮动。淡施膏沐,素整衣裳,烹白云源头之活水,选蒙阴山顶之名茶①,设异香一炉,具幽琴七弦②,携榻就西轩之下,坐以待月。盘桓良久,但见东山绝顶一轮明月悠悠破云而来,其清冷之气直射轩窗,不觉月色并容光飞堕于炉香琴韵间也。

① "蒙阴山"句:蒙阴山,即蒙山,在四川名山、雅安二县境内。山上出名茶,称蒙顶茶。

② 幽琴七弦:指古琴。古琴有七根弦,又名七弦琴。

清 谈

清昼闲帘,炉香茗碗,从容挥麈而谈之①,不觉芝兰芳韵尽吐于满室春风中矣。

① 挥麈:挥动用麈尾制成的拂尘。参见卷十一《清玩部·麈拂清风》篇注。

尊 酒

尊酒之于闺阃也,不可过饮,亦不可不饮,不可狂醉,亦不可不醉。不可过饮而不醉,更不可不饮而狂醉也。未易露太真妆侧之态①,不轻唾飞燕石上之花②。维取其柳腰欠力,杏脸生春,有无穷流香含韵之妙,总不出窈窕幽闲而为贵也。

① 太真:即唐杨贵妃,小名玉环。原籍蒲州永乐(今山西永济),生于蜀州(今四川崇州)。初为寿王妃,后为女道士,号太真。入宫后,得玄宗宠,封为贵妃。安史之乱起,随玄宗逃亡,途中被迫缢死于马嵬坡。

②"轻唾"句:据《氏族大全》卷十五载:汉代赵曼有二女,长名飞燕,次名合德。成帝召二女入宫,俱封婕妤。一日,飞燕与妹合德坐谈,误唾其袖。妹说:"姊唾染人绀碧,似石上花(青苔),令尚方为之,未必能此。"飞燕,即赵飞燕,初学歌舞,因体轻,号曰飞燕。汉成帝时立为皇后。及哀帝崩,平帝即位,飞燕被废为庶人,自杀而死。

看山阁闲笔卷十五

游　戏　部

太史公旷览天下名山大川^①，发为文章，为后世法，则知游戏笔墨而与树立功勋等也。且夫骚人逸士，对景逢时，借此亦可以怡情澹远，托迹幽深。如陶潜之于松菊^②，李白之于诗酒^③，谢安之于丝竹^④，苏轼之于湖山^⑤，或托松菊以隐名，或投诗酒而寄傲，或借丝竹以陶情，或向湖山而得趣，各适其志，卓然千秋而不磨也。此皆游戏成名，亦为天下后世法。其笔墨之功岂浅鲜哉！然莫不踵太史公旷览襟期而得也^⑥。

①"太史公"句：太史公即司马迁，字子长，西汉夏阳（今陕西韩城，一说山西河津）人。年二十而南游江淮，上会稽，探禹穴，窥九疑，浮沅湘，北涉汶泗，讲学齐鲁之邦，过梁楚以归。仕郎中，奉使巴蜀，还为太史令。一生遍游天下名山大川。著有《史记》。太史公为司马迁在《史记》中的自称。

②"陶潜"句：陶潜即陶渊明，性爱松菊。生平参见卷四《文学部·诗书·宜水槛》篇注。

③"李白"句：唐代诗人李白平生嗜酒。杜甫《饮中八仙歌》："李白斗酒诗百篇。"

④"谢安"句：谢安，字安石，寓居会稽（今浙江绍兴）。东晋名士。未仕前曾隐居会稽东山别墅，常携妓出游，以丝竹自娱。后出仕，官至中书监，兼录尚书事。曾任征讨大都督，以八万之兵击溃前秦苻坚率

领的百万大军,取得了历史上著名的以少胜多战例——淝水之战大捷。

⑤ "苏轼"句:宋代文豪苏轼一生钟爱山水。其任杭州通判时,在西湖修建"苏堤",并写下《饮湖上初晴后雨》等歌咏西湖的诗篇。

⑥ 旷览:广览。 襟期:胸怀,志趣。

胜　概

　　山林鱼鸟之幽微,月露风云之恬淡,寓于目,应于手。挹空翠以清爽肌肤,听流泉而冷侵心骨。可以鸣琴,可以垂钓,可以拈韵①,可以流觞②。极凭吊之娱③,得云霞之乐。凡此皆足观游,皆为胜概也。

① 拈韵:随意取用某一韵做诗。

② 流觞:把酒杯放在溪水中顺流而下,漂到谁面前,谁就取杯饮酒赋诗。这是古人文会中时常举行的一种活动。王羲之《兰亭序》:"引以为流觞曲水,列坐其次。"

③ 凭吊:对着古迹古物缅杯、感慨往古的人或事。

看　山

　　看山之乐,但可意会而不可言传。古人有云:"春山淡冶如笑,夏山苍翠如滴,秋山明净如妆,冬山惨澹如睡。"①已言传之矣。然如笑、如滴、如妆、如睡之精微奥妙处,虽言亦不易,尽在意会耳。不能意会,则不得看山之乐也。

　　古人又云:"春见山容,夏见山气,秋见山情,冬见山骨。"余常看山,但觉春山多笑容,夏山多烈气,秋山多痴情,冬山多傲骨。噫,亦但可意会而不可言传也。

① 语出北宋山水画家郭熙《林泉高致·山水训》。淡冶,浅淡明丽。

志在山林

山中日月,愈静愈长①;世上炎凉,且变且幻。宁可静里求长,勿使变中生幻。然难求者静长里工夫,易得者变幻中态度也。噫,舍易取难,真天地间绝等一痴呆汉也!

① "山中"二句:参见卷四《文学部·诗书》注。

安性情

白太傅从容山水之间①,贺秘监潇洒云霞之畔②。吾将借山水之清逸,安云霞之性情,为如何邪?

① 白太傅:即唐代诗人白居易,生平参见卷五《仕宦部·明职·丞倅》注。
② 贺秘监:即唐代诗人贺知章,字季真,晚号四明狂客。唐越州永兴(今杭州萧山)人。证圣初进士。嗜饮酒,为人放旷不羁。官终秘书监,故人称贺监、贺秘监。

寄 傲

苟得烟霞一席之地,抚古琴,读《汉书》,有花则及时赏玩之,有酒则随量斟酌之,怡情乐志,借以暂伸吾脚也。

居 山

余居是山也,石危而安,树苍而秀,水清而洁,云淡而悠,令人扫尘俗而生闲心，舒幽怀以乐素志也。

不 廉

客曰："暮夜之金子尚坚拒①，何独与山林密迩②？虽严寒酷暑、凄风苦雨，亦必蹑屐登眺③；遇一奇境，即收括入囊，其不廉乃有若是者邪？"④余曰："否。黄金虽重，无情之物也，易聚易散；青山固轻，耐久之交也，难移难夺。亦非余独好舍重取轻，盖人各有志也。况乎春林秾艳而如织，秋山明净而如洗，翠滴花飞，红迎白接，锦绣幔天⑤，珠玉铺地，在在皆属异珍，色色尽为奇宝，尽足供清昼之娱，岂肯抱暮夜之愧？其所以金可却而与山林不可廉也。"

① "暮夜"句：谓不受不义之财，为官清廉。典出《后汉书·杨震传》，详见卷一《人品部·出仕》注。

② 密迩：贴近，靠近。

③ 蹑屐(niè jī)：穿着木制的登山鞋。《宋书·谢灵运传》："(谢灵运)寻山陟岭，必造幽峻，岩障千重，莫不备尽。登蹑常著木履，上山则去前齿，下山则去后齿。"按，木履即屐。

④ 廉：节俭，节省。

⑤ 幔：遮蔽。

绿阴深处

蒲团竹席，高卧于绿阴深处，维闻虫吟鹤和之声，不觉令人诗思陡发也。

种 梅

锄月种梅，幽人之致也。其暗香疏影、玉骨冰姿之妙，足令挹之清芬,洗其尘色矣。

绝请托

有客顾余曰:"闻子为邦是郡①,不远数百里,陟湘灵,渡钱唐而来,虽不敢有猪肝之累②,然未能无骥尾之求③。及至子斋,当窗无非泉石,绕榻不过云霞,其一种清冷之气直逼于人,不觉将一副极热心肠化作半腔冰雪矣。"

① 为邦是郡:意为来到此郡做地方官。

② 猪肝之累:典出《后汉书》卷八十三:闵仲叔"客居安邑,老病家贫,不能得肉,日买猪肝一片,屠者或不肯与。安邑令闻,敕吏常给焉。仲叔怪而问之,知,乃叹曰:'闵仲叔岂以口腹累安邑邪?'遂去,客沛。"

③ 骥尾:语出《史记·伯夷列传》:"颜渊虽笃学,附骥尾而行益显。"司马贞《索隐》:"苍蝇附骥尾而致千里,以喻颜回因孔子而名彰。"此处比喻追随有名望、权位的人。骥,好马。

秋 月

山中明月,秋色殊佳。薄醉微吟,自得其趣,似可不必唱"琼楼玉宇,高处不胜寒"之词也①。

① "琼楼玉宇"二句:语出苏轼《水调歌头》词。

探 梅

探梅,幽人之韵事也。当其残雪未消,春风乍展,戴鹖冠①,蹑朱屐,至岭梅深处,从容游戏而归,独饮葡萄数斛②,阖门高卧③。

① 鹖(hé)冠:用鹖鸟羽毛做装饰的帽子。此指隐士之冠。

② 葡萄：用葡萄酿成的酒。　斛(hú)：古代容量单位。详见卷四《文学部·诗书·宜松冈》篇注。

③ 阖门：关闭门户。

问　桃

余尝问桃至桃花林畔[①]，饱食数枚，更攀巨枝[②]，归插瓶中。有客顾问斯何从来[③]，答曰："昨从西池会[④]中拾来。君如有缘，当赠一枚为寿。"

① 问：探访。

② 攀：拗折。

③ 顾问：询问。　斯：此。　何从来：从何处得来。

④ 西池会：神话中西王母寿宴蟠桃会。西池，西王母所居瑶池的别称。

听　鹂

载酒听鹂声，其韵莫可言宣。余尝效此法而游之。风柳能舞，鸣鹂似歌，听歌观舞，不醉无归。

爱　月

有客自闽来，留酌倾壶，盘桓不能去。从人促之，曰："吾非好酒，为爱山间明月耳。"

言　志

客询余曰："日为何事？胸怀何志？"曰："种竹栽梅，以完吾事；饮酒弹琴，以毕吾志。"

盆 兰

盆兰盛开，适当于役杭州①，因携至寓，公旋未获筹及②，地主③不善培植，次年视之，不复一花。乃知其高情逸志不特择禄而滋④，亦且择人而与也⑤。

① 于役：因公务奔走在外。语出《诗经·王风·君子于役》："君子于役，不知其期。"

② 公旋：办理公务归来。旋，回。 筹及：谋想到。

③ 地主：这里指住处的主人。

④ 择禄：参见卷十三《芳香部·赏花·兰花》篇注。

⑤ 与：交往。

闻禽声

独卧岩头，日高未起。一帘春鸟，啼声欲碎。其最入人清听处，如箫如管，若断若续，自生幽响而善作肉声，虽东山丝竹①，未有若此婉闲和畅也。

① 东山丝竹：参见卷十五《游戏部》注。

醉 卧

狂呼三百斛，高卧于沙鸥竹树之间，酣然一觉。孰知醉乡虽宽，曷若黑甜乡之乐也！

舒 啸

登冈舒啸，气爽情豪，此身觉悠悠有飞扬之乐，直使山下行人猛然听之，如闻碧空清籁。

阅　经

山房岑寂,风日清酣。坐闲无事,烹虎跑泉①,试龙井茶②,诵金经一卷。

① 虎跑泉:在杭州西南大慈山白鹤峰下慧禅寺内。泉水晶莹甘冽,与龙井泉并誉为"天下第三泉"。

② 龙井茶:中国著名绿茶,产自浙江杭州西湖西南山地中。那里古有龙井寺,故茶以龙井为名。龙井茶叶与虎跑泉水被称为西湖双绝。

载酒游山

载新丰之酒①,投嘉树之林②,簪陶潜之菊③,乘庾亮之月④,狂呼豪饮,醉杀秋山。

① 新丰之酒:新丰酒,古代名酒,产于丹徒(今江苏丹徒)新丰镇,故名。

② 嘉树:佳树,美树。

③ 簪:插,戴。此指戴在鬓发上。　陶潜:晋陶渊明,平生爱菊。参见卷四《文学部·诗书·宜水槛》、《宜山居》篇注。

④ 庾亮之月:见卷十一《清玩部·楼头明月》篇注。

登　眺

登山之巅,目空怀旷。伫立久之,不觉一片白云生我足下矣。

闲　境

山静日长①,闲中之美境,似乎易得,而实难求者也。故因其世道好炎热者多,而爱清冷者少耳。非有贞白之高风②,渊明之逸志③，游岩之奇趣④，和靖之幽情⑤，虽欲求闲，了不可得，亦乌知此境之乐邪？

① 山静日长：参见卷四《文学部·诗书》注。
② 贞白：南朝梁代陶弘景。生平参见卷一《人品部·居乡·立名》篇注。
③ 渊明：晋陶渊明。生平参见卷四《文学部·诗书·宜水槛》篇注。
④ 游岩：唐田游岩。生平参见卷十二《清玩部》注。
⑤ 和靖：宋林逋。生平参见卷一《人品部·居乡·立名》篇注。

胸　怀

或曰："子既不为名，亦不言利，然则此中何有？"答曰："空空洞洞，维有一林丘壑耳！"

有山水志，无名利心，其胸怀若汪汪千顷波，而得澹远空明之境也。

羡　渔

红桃如雨，绿柳如烟。屏开叠嶂，触目尽是画图；声乱闲禽，入耳皆成丝竹。深羡春江渔人，独钓其间，自有烟水忘机之乐。

小舟一叶，随波而安。网锦鳞，沽玉酒①，自斟自酌，陶然欲醉。更出短笛，鸣长风，徘徊于绿杨明月之间，自号江湖散人可也②。

① 沽：买。
② 散人：闲散不为世用的人。

涧水歌

独坐茂林修竹之间，山静气清，风凉月洁，维闻碧涧流泉

沏沏有声,幽若箫瑟。乃和其音而制《涧水歌》一章,以志闲
怀。既成,满引菊花酿数瓯以为润笔[①]。其歌曰:

> 涧水清清兮洗我心,水声细细兮惠我音。悠然一曲
> 兮鸣我琴,陶然一醉兮开我襟。了无尘,安我身。好风好
> 月好山水,此游此乐是天真。

① 菊花酿:菊花酒。酿,指酒。　瓯(ōu):杯。

登 冈

秋暮登冈玩月,静坐于长松之下,一轮相照,四顾寂然。
低回久之,不觉清风拂处,维闻有万斛涛声入人清听而已。

喜 雨

雨润园林,是草皆得生色[①];独碧梧数株,高干长枝拂拭得
青翠可爱。幸假天工,得替人力,可免数日洗濯之劳,其喜
何似!

① 是:凡,所有。

孤 山

山之幽而深,静而僻,莫过于孤山矣[①]。是以林和靖结庐
而居之[②],不借名两峰而独秀一枝[③],其高远不俗,亦正在孤
立也。

① 孤山:山名,在杭州西湖西北角。
② 林和靖:宋代诗人林逋。生平参见卷一《人品部·居乡·立名》

篇注。

　③ 两峰：谓杭州西湖附近的南高峰、北高峰。"两峰插云"为西湖十景之一。

志　闲

　门临流水，屋靠峰峦，坐卧翠微之中①，谈笑白云之外。有花须插满头，有酒且供一醉。堪追松下之风，毋负梧边之月。携琴引鹤，幸犹存清献之风流②；作画裁诗，何曾减右丞之骚雅③？常怀三畏，毋忘至圣之言④；时凛四知，不改暮金之行⑤。愿为吏隐，正堪借泉石以养高；喜在官闲，聊可托禽鱼而乐志也。

　守真子曰："居不可无竹，篱不可无菊，园不可无蔬，池不可无鱼，尊不可无酒，座不可无友，山不可无云，木不可无林，情不可无寄，境不可无处，手不可无书，膝不可无琴，游乐不可无时，凭吊不可无诗。"又曰："体不可无骨，脚不可无伸，气不可无养，学不可无成，士不可无志，官不可无权⑥，行不可无立⑦，守不可无廉⑧，富贵不可无温良，贫贱不可无欢乐。"居有竹则不俗，篱有菊则志逸，园有蔬则可为餐，池有鱼则堪把钓，尊有酒则聊以遣兴，座有友则贵于知心，山有云则澹而远，木有林则幽而深，情有寄则在禽鱼，境有处则临风月，手有书则见古人之心，膝有琴则知大贤之学，游乐有时则借春秋之佳日，凭吊有诗则吐情性之元音。

　不屈则体有骨；不羁则脚有伸；能包乎大道，则气有养；直求其至理，则学有成；当困穷而不改节，则士有志；展尺寸以期兆民⑨，则官有权；执玉握冰⑩，则行有立；箪食瓢饮⑪，则守有廉；富贵不骄于人，则温良；贫贱能明其德，则欢乐。

① 翠微：青翠的山色。

② 清献：宋代赵抃。生平参见卷五《仕宦部·明职·丞倅》篇注。

③ 右丞：即唐代诗人王维。生平参见卷四《文学部·图画·有派》篇注。

④ “常怀三畏”二句：三畏，语出《论语·季氏》：“君子有三畏：畏天命，畏大人，畏圣人之言。小人不知天命而不畏也，狎大人，侮圣人之言。”至圣，指孔子，旧时被奉为至圣先师。

⑤ “时凛四知”二句：见卷一《人品部·出仕》注。时凛，时时畏惧。

⑥ 权：权衡，法度。

⑦ 行：品行。

⑧ 守：操守。

⑨ 展尺寸：谓施展尺寸之功。尺寸，比喻少量。　以期兆民：谓期望有益于百姓。兆民，万民，指百姓。

⑩ 执玉握冰：即操守冰清玉洁之谓。

⑪ 箪食瓢饮：见卷一《人品部·居乡》注。

诙　谐

　　诙谐亦有绝大文章，极深意味，清婉流丽，闻之可以爽肌肤，刺心骨也。自汉东方朔以滑稽开其源流①。迨后魏之嵇康、阮籍②，晋之刘伶、张翰、陆机、刘琨、葛洪、陶潜继起③。宋之东坡、安石、元章、子昂诸名贤皆善诙谐④。然未必不从曼倩滑稽中而另出一源流也。相传至今，偶一披读，令人齿颊生香。乃知诙谐中固有大文章矣。

　　① 东方朔：字曼倩，西汉厌次（今属山东）人。辞赋家。以诙谐滑稽著称。汉武帝时任太中大夫。直言善谏，然未得重用。

② 嵇康:字叔夜,三国魏铚(今安徽宿州西南)人。"竹林七贤"之一。博览饱学,好老庄,工诗文,通音乐。官至中散大夫。年仅四十,为司马昭杀害。 阮籍:字嗣宗,三国魏陈留(今属河南)人。"竹林七贤"之一。好老庄,嗜酒,长于诗赋,亦善弹琴。曾官步兵校尉,世称"阮步兵"。

③ 刘伶:字伯伦,晋沛国(今安徽淮北濉溪县)人。放情肆志,性尤嗜酒。常乘鹿车,携一壶酒,使人荷锸(扛着锹)随之,谓曰:"死便埋我。"未尝措意文章,惟著《酒德颂》一篇。 张翰:字季鹰,晋吴郡吴县(今江苏苏州)人。尝仕齐王囧为东曹掾。因秋风起,思吴中菰菜莼羹鲈鲙,遂弃官归里。 陆机:西晋文学家、书法家。生平参见卷四《文学部·诗书·宜山居》篇注。 刘琨:字越石,晋魏昌(今河北无极)人。愍帝时任大将军,都督并冀幽三州诸军事。晋室南渡,转任侍中太尉,长期固守并州。后因兵败投奔段匹磾,被段杀害。 葛洪:字稚川,号抱朴子,晋句容(今江苏句容)人。道教学者、炼丹家、医药学家。晚年隐居广东罗浮山炼丹。著有《抱朴子》、《肘后备急方》等。 陶潜:东晋诗人。生平参见卷四《文学部·诗书·宜水槛》篇注。

④ 东坡:苏轼。生平参见卷三《文学部·文章·触景》篇注。 安石:王安石,字介甫,号半山,宋抚州临川(今江西抚州临川)人。庆历进士。曾任参知政事,推行新法。晚年退居江宁。元丰时封荆国公,故世称荆公。善诗文,为"唐宋八大家"之一。有《王临川集》。 元章:宋代书画家米芾。生平参见卷四《文学部·图画·有派》篇注。 子昂:元代书画家赵孟頫。生平参见同上。

论诗字

天水有一人素轻薄①,善鄙人。一日,有友以诗就正,曰:"不必言诗,只论其字,笔笔超群绝伦矣!"又以平日法书示②,观曰:"不但字工,即就其墨何等浓艳,纸何等光洁邪!"

① 天水：地名。在今甘肃天水。

② 法书：对他人书法的美称。

画 牛

显宦放归，买山结庐，以伪为之隐。招一丹青名手，图绘林泉之胜。既成，则缀一牛于其畔。宦曰："是何谓邪？"曰："无此牛，恐山林太寂寞耳。"

饮墨水

梁武进士不中程者饮墨水一斗①，人谓其可广文思。有友遂效饮而向客骄之曰："世人胸中无半点墨水辄为诗文，称奇道怪，贻笑大方，致令吾辈削色。"客知其腹中无物，乃佯言奖重之，以扇一柄索诗。其人曰："窃恐墨水过多，扇小不足容也。"遂以手指剜喉②，将所饮墨水呕尽，喉间渐觉伤损，墨尽继之以血，淋淋而流。客惊问其故，曰："我心肝呕出矣！"

① "梁武"句：梁武，指南朝梁武帝时。进士不中程，谓参加进士考试时作文不符合规范。事载《锦绣万花谷》前集卷二二。

② 剜（wān）：挖。

食 肉

有人好学苏文①，经久不就，然其意颇切，其工亦深，终无稍息。日啖肉一方，约二觔，煮极烂，方下箸，适友人至，询食何物，曰："食东坡肉也。"友戏曰："子何恨坡仙乃若是邪？"

① 苏文：指宋代大文豪苏轼的文章。

有　竹

客曰："居不可无竹①，子居何不种竹?"主曰："吾胸中有竹，不必更种。"友惊异之，曰："子胸中如何有竹?"主曰："不见前人有诗云：'料得清贫馋太守，渭川千亩在胸中。'②此非胸中有竹欤?"客大笑曰："此言笋也。"主曰："无笋，安得有竹?"

① 典出苏轼《於潜僧绿筠轩》："宁可食无肉，不可居无竹。无肉令人瘦，无竹令人俗。"

② 出宋苏轼《笁笃谷》诗："汉川修竹贱如蓬，斤斧何曾赦箨龙。料得清贫馋太守，渭川千亩在胸中。"

冷　泉

一人自灵隐回①，见其妻曰："我心冷矣!"妻急问其故，曰："顷从冷泉亭洗心而来，如心不冷，则泉亦不灵矣。"

① 灵隐：在浙江杭州西湖西北。山麓有灵隐寺，寺前有飞来峰、冷泉等胜景。

飞来峰①

相传晋时西天僧云："此是天竺国灵鹫山之小岭，不知何自飞来。"此欺世之言也。请下一转语："既飞来，何不飞去?不能飞去，即不能飞来矣。"

① 飞来峰：又名灵鹫峰，在杭州灵隐山中。

县令手长

一县令好催科①，民皆不悦。乃谣曰："官人好长手。"令执而欲责之，供曰："爷手不长，何以捧日？②"令笑，乃免。

① 催科：催收租税

② 捧日：喻忠心辅佐帝王。

誓　联

有县令堂悬一联以誓曰："得一文天诛地灭①，听一情男盗女娼②。"然馈送金帛者颇多，无不收受；而势要说事，亦必徇情。有曰："公误矣！不见堂联所志乎？"令曰："吾志不失：所得非一文，所听非一情也。"

① 一文：一文钱。文，古代钱币的最小单位。

② 情：私情。指别人来求私情、讲人情。

僧好饮酒

寺僧好饮酒啖肉，师屡责之，颇怨。乃会寺众，涂脸持杵①，直逼座曰："某等乃济颠化身也②！吾门只除贪嗔痴③，三件之外无所忌惮，何害饮酒啖肉邪？"④言毕，举杵欲击之，师惧伏罪⑤，遂不禁。当道闻之，执其师，令罚，师曰："甘受爷罚，不敢违活佛教也！"

① 杵(chǔ)：棒槌。

② 济颠：济公活佛。

③ 贪嗔痴：佛教所认为的人生三毒，即贪欲、嗔恚(怨恨)、愚痴，都因人的欲望而引起。

④ "何害"句：意即喝酒吃肉有什么妨碍。害，妨碍。啖(dàn)，吃。

⑤ 伏罪：服罪，认罪。

逢 迎

昔有巡按，深喜逢迎。属吏回话，必屈一足。一官极善趋承，下膝过重，伤其筋骨，遂至拘挛成疾①，势若弓弯。接任巡按深恶迎合，此吏进见则腰不折而自折，乃深责之曰："为官当以清慎为怀，不致逢迎为事，尔何卑污若此？"吏曰："卑职病也。"

① 拘挛：指筋骨拘急挛缩，肢体屈伸不利。

人生乐境

一曰：人生须得韩昌黎之文才①、杜子美之诗学②、王逸少之法书③、倪云林之竹石④、贺季真之琴尊⑤、陶元亮之松菊⑥，又须潘安仁之美貌⑦、秦淮海之风流⑧、李太白之香名⑨、石季伦之家道⑩、王摩诘之园林⑪、孔北海之宾客⑫、白乐天之姬妾⑬、谢安石之丝竹⑭，更须郭令公之福德⑮、黄眉翁之寿考⑯——可谓乐矣。

一曰：人生须得李邺侯之骨格⑰、葛稚川之道术⑱；怡弘景之云⑲，餐陵阳之霞⑳，锄昆仑之芝㉑，吹梅峰之笛㉒；或骑白驴，或乘赤鲤，逍遥于丹台玉室间，拜碧落侍郎㉓——其乐为何如邪！

一曰：人生须守圣贤之教，养浩然之气；求万物之精微，发《五经》之鼓吹㉔；穷其至理，能乎大道；源分清浊，根究浅深；明君臣父子之大义，开礼乐文章之正宗；辟邪说以正人心，除异端而易风俗;立千古不易之言,成万世相绳之法㉕——可为乐矣！此乐为吾儒者之乐,是真乐也。

　　① 韩昌黎：即韩愈,字退之,唐河内河阳(今河南孟县)人。郡望河北昌黎,世称韩昌黎。贞元进士。历官监察御史、潮州刺史、吏部侍郎等职。韩愈为唐代古文运动倡导者,提倡散体,文笔雄健,气势磅礴,为后世古文家所宗。有《韩昌黎集》。

　　② 杜子美：杜甫,字子美。原籍襄州襄阳(今湖北襄阳),生于巩县(今河南巩义)。曾官左拾遗检校工部员外郎,故后世又称杜拾遗、杜工部。以诗闻名,被后人尊为"诗圣"。有《杜工部集》。

　　③ 王逸少：晋书法家王羲之。生平参见卷四《文学部·法书》注。

　　④ 倪云林：元代画家倪瓒。生平参见卷四《文学部·图画·有笔》篇注。倪瓒擅绘山水竹石。

　　⑤ 贺季真：唐代诗人贺知章。生平参见卷十五《游戏部》注。

　　⑥ 陶元亮：晋代诗人陶渊明。生平参见卷四《文学部·诗书·宜水槛》篇注。

　　⑦ 潘安仁：潘岳,字安仁。晋荥阳中牟(今河南中牟)人。累官至给事黄门侍郎。善诗赋。美姿仪,为古代著名美男子。

　　⑧ 秦淮海：秦观,字少游,一字太虚,号淮海居士,高邮(今江苏高邮)人。北宋词人。曾任太学博士、杭州通判。秦观非风流公子,然浪漫多情,所作词婉丽缠绵。有《淮海集》。

　　⑨ 李太白：唐代诗人李白。生平参见卷三《文学部·文章·触景》篇注。

　　⑩ 石季伦：晋石崇。生平参见卷四《芳香部·闺房乐事·斗草》篇注。

　　⑪ 王摩诘：唐代诗人、画家王维。生平参见卷四《文学部·图画·有派》篇注。王维在陕西蓝田建有私家园林辋川别墅。

　　⑫ 孔北海：孔融,字文举,鲁国(今山东曲阜)人。献帝时曾任青州

北海郡相,故世称孔北海。闲居好客,座上宾客常满。有文才。后为曹操所忌,被杀。

⑬ 白乐天:唐代诗人白居易。生平参见卷五《仕宦部·明职·丞倅》篇注。白居易生平有姬妾多人,最著名的是樊素和小蛮。

⑭ 谢安石:晋谢安。生平参见卷十五《游戏部》注。

⑮ 郭令公:郭子仪。华州郑县(今陕西华县)人。以武举高第入仕,累官至朔方节度使。安史之乱爆发,率军平叛,收复洛阳、长安,功居平乱之首,晋为中书令,封汾阳郡王,世称郭汾阳。郭子仪功高盖世,位极人臣,晚年五代同堂,年八十五卒,可谓福禄寿齐全。

⑯ 黄眉翁:传说中的仙人。《洞冥记》:"朔(东方朔)以元封年中,游蒙鸿之泽,忽见母采桑于日海之滨。俄有黄眉翁指阿母以语朔曰:'昔为吾妻,托形于太白之精,今尔亦此星精也。吾却食(绝食)吞气已九十馀岁,目中瞳子色皆有青光,能见幽隐之物。'"

⑰ 李邺侯:李泌,字长源,京兆(今陕西西安)人。以翰林供奉东宫,历仕玄、肃、代、德四朝,出谋划策,多有贡献。然屡遭排挤,数度归隐。官至宰相,封邺县侯,世称李邺侯。

⑱ 葛稚川:晋葛洪。生平参见卷十五《游戏部·诙谐》注。

⑲ 弘景:梁陶弘景。生平参见卷一《人品部·居乡·立名》篇注。

⑳ 陵阳:陵阳山,在安徽宣城境内。相传汉代陵阳县令窦子明在此山得道升仙。《列仙传》卷下:"陵阳子明者,铚乡人也。好钓鱼于旋溪。钓得白龙,子明惧,解钩拜而放之。后得白鱼,腹中有书,教子明服食之法。子明遂上黄山,采五石脂,沸水而服之。三年,龙来迎去,止陵阳山上百馀年。"

㉑ 昆仑:昆仑山。唐李康成《玉华仙子歌》:"朝餐玄圃昆仑芝。"

㉒ 梅峰之笛:《骈字类编》卷一八九引《明一统志》:"梅峰在抚州府金溪县南十五里。旧传刘仙师尝吹铁笛呼雨,上有遗迹。"

㉓ 碧落侍郎:神话中仙官名。晋葛洪《神仙传》:"沈羲者,吴郡人也。学道于蜀……拜羲为碧落侍郎。"碧落,天的代称。

㉔ 五经之鼓吹：参见卷三《文学部》注。

㉕ 相绳：相承。绳，继承。

虚设壶盏

清和隐者性虽嗜酒，不能多饮。常设壶盏，对月而坐。人问其故，曰："兴不可遏，聊复尔尔。"①

① 聊复尔尔：姑且如此而已。

不留客

乡居左右皆田，春时灌肥，秽气入室，绝不可闻。主人不敢留客。入座，客曰："如入芝兰之室，久而自然不闻其香矣。"

闻 琴

琴德最为高远不俗。有一善弹者，正弹之间，适村人担肥而至①，闻声则肃然改容。弹者曰："莫非知音者乎?"村人答曰："某虽非知音，亦颇得趣耳。"

① 担肥：肩挑肥料。

米 珠

歉岁米贵若珠①，一富翁饱餐而骄贫士曰："字不疗饥，徒有满胸锦绣。"士答曰："学不求饱，愧无一袋珠玑。"盖言其酒囊饭袋耳。

① 歉岁：荒年。

财命相连

一翁见江滩遗钱一枚,遂往取之。俄顷潮至,避之不及,被淹致毙。次日,尸浮巨木而出,手尚握钱。见者叹曰:"此翁深得财命相连之旨矣。"

画钱孔

一官爱钱,每收呈状,如稍有隙可乘者,即以笔于词脚画一钱孔。久而民皆知之,凡有缘事者,相聚告曰:"吾父母铜钱眼里做工夫也。"①

① 父母:父母官。指地方官,多指县令。

贪 酷

吏有贪酷者被劾,提问曰:"尔何贪?擅受人财。"供曰:"并非贪。如某某馈送之财,彼前生曾欠吾债,故今生缘事而偿之也。"曰:"尔何酷?致毙人命。"供曰:"亦非酷。如某某前生曾夺吾命,故今生缘事而杀之也。"

看山阁闲笔卷十六

游 戏 部

举世茫茫，如同百戏①。陶谦怀奇相，乘竹马而戏②；老莱悦亲颜，服斑衣而戏③。拈花失笑，为佛氏之戏④；喷饭为蜂，乃仙家之戏⑤。周有象棋戏⑥，唐有叶子戏⑦。吾将挟百尺竿木，游于造物空濛之外，亦不妨逢场为之作戏耳。

① 百戏：古代专指杂技类游戏。此处泛指各种游戏。

② "陶谦"二句：陶谦，字恭祖，东汉末丹阳（今安徽当涂东北）人。官至徐州牧，封溧阳侯。据《三国志·魏书·陶谦传》注引《吴书》载：谦少孤，放荡不羁。年十四，犹缀帛为幡，乘竹马而戏，邑中儿童皆随之。原苍梧太守同县甘公外出，遇之于途，见其相貌奇特，认为将来必有出息，便将女儿嫁给了他。

③ "老莱"二句：老莱即老莱子，春秋时楚国隐士。相传他七十岁时，还常穿上五彩斑斓的衣服，模仿小孩做出各种好笑的动作，以此来逗引老父母开心。《二十四孝》载有他的事迹。

④ "拈花"二句：据《联灯会要》卷一载：佛陀于灵鹫山登座，拈花默然，众皆不能会其意，唯迦叶了悟，破颜微笑。

⑤ "喷饭"二句：据《古今事文类聚》后集卷四十八载："葛仙翁与客对食。客曰：'食毕当先作一奇戏。'食未竟，仙翁曰：'诸公得无欲见乎？'即吐口中饭，尽成飞蜂满屋，或集客身，莫不震肃，但自不螫人耳。良久，仙翁乃张口，见蜂皆飞还入口中，成饭食之。"

⑥ 按,象棋起源于我国周代。

⑦ 叶子戏:古代的纸牌游戏。

凭 吊

凭今吊古,骚人之韵事也。既能披豁心胸,亦得居高气节。且盘且桓,再游再乐,不禁令人动幽思,发鸿笔,长歌短拍,均成佳话,卓然千秋矣。

江郎山

江郎三片石①,为江氏兄弟三人立地化成三石。其下有江郎庙,《志》载历历,可无疑矣。然循环之道,未知何日复为三人。噫,人化石何易,而石化人何难邪!

① 江郎:江郎山,位于今浙江衢州江山市江郎乡境内。其代表景点即为"三片石"。三块巨石矗立山巅,高三百六十馀米,形似石笋天柱,状若刀砍斧劈而成。

峡口吹

峡口东南风最高①,俗呼峡口吹,吹不过境。凡田禾受吹则丰,鸡豚受吹则安,人民受吹则寿而康。何其风之仁也! 天下有若是乎?

① 峡口:峡口镇。位于浙江衢州江山南部。

睡不醒

峡口有卧佛寺,吴下亦有卧佛寺。同是一佛,卧处各异。

要知佛尚睡不醒,何怪人睡不醒也。

仙霞岭

仙霞为浙东山祖①,进闽登陟之要道。白云一片,磨不了千古名利心也。

① 仙霞:仙霞岭,位于浙江西南部,江山县西南。山脉由闽、赣交界的武夷山脉向东北延伸而成。

又

岭峻而安,林深而古,不愧名山之祖。惜乎日染车尘马迹,渐觉万状幽情陡化一团俗气耳。

游细林山赌登山巅

余方弱冠,居乡时①,游细林山②。同学赌胜,能先至山巅者得斗酒、鲈鱼。于是前趋后跄,莫不努力,倏忽已至山腰。余尚逡巡觅径。方登山麓,又贪看流泉。倚松少息,闻林外呼声甚急,遂移步直上岭头,而竟虚无人焉。良久见诸君或手失枯藤,或足误危石,帽落风前,屦弃云外③,然犹匍匐争先,其狼狈情状不堪殊甚。是欲先而反落后矣。乃顾余叹曰:"岂知驽马得无踟蹰而能安步于前邪④。"遂治鱼、酒,邀余居首座而享之。

① 弱冠:古代男子二十岁行加冠礼,表示已经成人,但体还未壮实,故称。
② 细林山:即辰山,位于上海松江。

③ 屣(xǐ)：鞋子。

④ 驽马：劣马。　蹢躅(jú zhú)：徘徊不前。

仙人洞

玉环山仙人洞有瀑布泉①，悬崖百尺，声吼朝昏，为一巨观。但洞中并未有仙，可知名未实耳。嗟嗟，吾谓到此能领略于中之趣者，即是仙也。

① 玉环山：位于今安徽明光。

七里泷①

泷中石静泉清，竹深松古。白云岩下，数声樵斧落风前；碧水滩头，一曲渔歌飞柳外。舟行至此，如入画图，仿之北苑②，陡觉笔笔生活矣③。

① 七里泷：系富春江上游河段，南起建德乌石滩，北至桐庐芦茨溪口，有"富春江小三峡"之誉。

② 北苑：五代南唐山水画家董源，曾任南唐北苑副使，故亦称董北苑、北苑。生平参见卷四《文学部·图画·有派》注。

③ 生活：生动。

钓　台

子陵钓台为千古隐迹①，气清而正，风澹而淳，令人消尘虑，起幽思。其山高水长之风②，益远益清，何可不景行者邪③！

① 子陵钓台：严子陵钓鱼台，在浙江桐庐富春江畔。子陵，东汉严

光的字。生平参见卷一《人品部·居乡·立名》篇注。

②语出宋范仲淹《严先生祠堂记》："云山苍苍，江水泱泱。先生之风，山高水长。"

③景行：景仰。

又

山云澹澹，江水悠悠。无冬无夏，无春无秋。钓台之畔，云封水流。耸千峰以独秀，越百世而常明。函松筠之苍翠，得天地之清宁。噫，入隐中之圣兮，风高山泽；为王者之师兮，名重布衣。

又

钓台高兮月空明，贤人远兮风长清。山川如故兮云自凝，松柏依人兮鸟乱鸣。移澹远之情，领旷闲之胜；入广大之门，得清宁之境。其客星垣遥在山高水长之间也①。

① 客星垣：客星，中国古代对天空中新出现的星的统称。垣，星的区域，古代把众星分为上、中、下三垣。此处以"客星"喻指严光。典出《后汉书·逸民列传·严光传》："复引光入，论道旧，相对累日。帝从容问光曰：'朕何如昔时？'对曰：'陛下差增于往。'因共偃卧，光以足加帝腹上。明日，太史奏客星犯御座甚急。帝笑曰：'朕故人严子陵共卧耳。'"

安愚之庄

峡口一隅，为两浙之咽喉①，实八闽之锁钥②。地瘠民贫，耗多产少。司马一席，元属新设，漫无旧章，欲使其俗悍而转淳，风浇而复古，如非握冰执玉、洁然自守者，何可得哉？戊午秋闱③,余奉委内帘监试④,相叙同官于至公堂上。其时分司唐公讳渐者,笑而言曰:"吾几得是席矣。"人皆惊问其故,乃曰:"宰钱唐时,制宪程公欲请升授此任,吾闻而往求,得脱。然虽补今职,觉反失一阶矣。"闻者讥之曰:"美官多得钱耳,又何论其他邪?"余曰:"人弃吾取,生平之愿。"不以为怪,人皆叹服。闱事既竟,欣然回任,遂遣家奴至里,鬻田得金⑤,重价购地,营屋数椽,题曰"安愚之庄",为余政馀退食之地。其中有堂焉,曰"山南草堂",在江郎之南;有亭焉,曰"吟香",在梅花之畔;有润身养气之处,曰"活水轩";有鸣琴赋诗之所,曰"静中天"。更有"就麓居"、"夕照轩"诸胜。从容其畔,吾安吾愚,故是名之。有曰:"子为官矣,不思益产而反破产,治此土木于山荒地瘠之间,一愚若此,又何安为?"余曰:"人各有志,情各有寄。况烟霞是吾之痼疾,竹月是吾之佳朋。譬如世人买药治病,挥金结交,宁可虑及产之盈虚而定行止邪?"噫,所以吾安于此已十有八年。孰知十有八年之中,无荣无落⑥,自歌自乐,悉由安于愚也。然开辟之于荒烟曼草中,桑田沧海,无定变迁,亦难必异日不复见之于荒烟曼草,杳不可访也。吾故付之《闲笔》,聊赘一言以纪其事,庶使后人至此,知此地曾有一卷之石,有一勺之水,有千竿之竹,有百尺之松,有室庐,有人文,有花有酒,有琴有书。一旦山川如故,声色俱空,凭吊其间,未免为之一长叹耳。嗟乎!后人凭吊于此,吾不能知,曷若先效后人之凭吊而自凭吊?徘徊顾影,昏然茫然,言有尽,意无穷,可安则安,得乐且乐,虽愚而自犹不觉其愚也。乃为之诗,其诗曰:

风清节劲有松筠,傲雪凌霜守一真。
能不向炎甘就冷,安于愚者更何人?

又

花开花落几何春，色色空空莫认真[7]。

总使百年犹一梦[8]，白云明月满前津。

又

清风寂寂起孤村，流水湾湾直到门。

门外青山应不老，无今无古性常存。

① 两浙：浙东和浙西的合称。这里代指浙江。

② 八闽：福建的别称。在元代，福建分为福州、兴化、建宁、延平、汀州、邵武、泉州、漳州八路，明代改为八府，故有八闽之称。

③ 戊午：原作"戌午"，误，据文意改。 秋闱（wéi）：秋试。闱，试院。科举时代，乡试例于八月举行，故称秋闱。

④ 内帘：科举考试时，为防舞弊，试官在帘内阅卷，阅毕才允许撤帘回家，故以内帘代指考官。

⑤ 鬻（yù）：卖。

⑥ 落：衰败。

⑦ 色色空空：佛教将一切有形的物质称为色。这些物质均属因缘而生，其本质为空幻不实。《般若波罗蜜多心经》："色不异空，空不异色；色即是空，空即是色。"

⑧ 总使：纵使。总，通"纵"。

梅花墓

余妾雪香，性嗜梅花，多有吟咏。既亡，遂营葬于吟香亭之左。寒梅在望，暗香袭人，每于淡月疏星之下，瘦骨亭亭，呼之欲出。其灵慧之心、幽贞之志，不冥不灭，常托迹于雪凝烟锁之间，风澹霜清之外，清逸不俗，澹远无尘。其华然如玉、洁

然如冰之孤标别韵,宁甘让梅花而独擅世外佳人之誉邪? 是
为诗以纪之,其诗曰:

> 香凝玉照一枝春,志洁风清不染尘。
> 今日既经出世外,宁甘梅独号佳人。

又

> 暑往寒来寂不闻,满林晴雪照孤坟。
> 长眠花下何时醒,一片闲情逐晓云。

遗声冢

雪香,字梅檐,余因其性嗜梅花,题而赠之也。雅好文墨,
颇能歌诗。曾择其尤者百章,附于《幽贞实录》中,名曰《梅檐
遗稿》,啧啧犹在人口。然未梓者尚多,不忍相弃,遂封而为
冢,曰遗声冢,在于寂居之东南也。因赋诗以纪之,其诗曰:

> 音容虽杳尚闻声,调叶松风虚更明。
> 待得曲终人去也,青山一带月空横。

又

> 青山一带月空横,月照孤坟倍洁清。
> 只为骊珠遗此地①,夜光相并月华明。

又

> 夜光相并月华明,松自萧萧云自停。
> 一境清风吹不已,似闻丝竹有馀声。

又

> 似闻丝竹有馀声,寂寂山空片月横。

维有梅花甘寂寞,香凝玉照伴高茔②。

又

香凝玉照伴高茔,月白风清夜色明。

一自人琴分散后,画楼无复听吹笙。

又

画楼无复听吹笙,醉倒花间唤不醒。
他日欲知遗稿处,山晖川媚境含清。

又

山晖川媚境含清,大梦方成何易醒。
收拾遗珠封一冢,莫教尘世复伤情。

① 骊珠:宝珠。传说出之骊龙颔下,故名。也常用来比喻珍贵的
人。此处喻指作者之妾雪香。

② 高茔(yíng):原作"高莹",误,据文意改。高茔,高坟。茔,坟墓。

闲　　话

"因过竹院逢僧话,又得浮生半日闲"①,此闲话也。
余曾筑"话闲棚"于安愚之庄,恨无高僧相对,独乐其间,
顾影自歌,戏为录之。然虽闲话,其中或有见闻,观者勿
相遐弃,幸矣!

大凡不孝不悌、不仁不义者,定然信鬼,亦必怕鬼。盖由
心既不正,意又不诚,千思百虑,动辄涉邪,无怪其益信之、怕

之矣。一遇疾病，或闻其声，或见其形，丑态万状，不能自禁。遂卜之吉凶，日事祈祷；虽极悭吝之徒，破产供献，亦所愿也。嗟嗟，殊不思现在父母不以孝养，现在弟兄不以和睦，现在妻妾不以义结，现在友朋不以信交，欺灭亲党，悖乱伦常，持强凌弱，妄作匪为，常有忌人之衷而无容人之量，但有杀人之性而无救人之心，若此，天已不容，神又何能佑哉？未闻有心不正、意不诚，昧良败行，挽回造化，感格天心，转祸为福也。所谓杯水何以救车薪之火？若此祈求，不维无益，亦且有损。盖因其获罪之深，无可祷也。俗语有云：“闲时不烧香，忙来抱佛脚。”要知佛在心头，香不可烧于心外。虽天道神明杳不可测，然为善必昌，为恶必殃，毫发不爽。为善者必心正意诚，达天知命，即或有鬼，亦当远遁。是以不见不闻。为恶者已心虚胆怯，捕影追风，其实无鬼，自生疑窦，似乎有形有响。从来邪不胜正，正可辟邪，胡信之深而怕之甚也？且其祷者本欲悔过迁善，吾既无过，又无善可迁，何必于临危遇急之中，尚此香楮牲酒而求感动天人②，祛灾迪吉邪③？孔子曰：“某之祷久矣。”④可知一举一动，一言一行，合乎天理，近于人情，往来义路，出入礼门，元无所事祷也。维不畏天、不敬神之徒，有信鬼怕鬼之说，亦非虚妄，乃是其志气昏乱，以致邪魔作耗，鬼魅为殃，悉由人兴而遂惑焉；人若无衅⑤，必不自作。诗曰：“雨雪瀌瀌，见晛曰消。”⑥如遇端方正直之士，虽有鬼，其鬼亦不灵也。

① 诗句出唐李涉《登山》：“终日昏昏醉梦间，忽闻春尽强登山。因过竹院逢僧话，又得浮生半日闲。”

② 香楮：祭神鬼用的香和纸钱。

③ 迪吉：《尚书·大禹谟》：“惠迪吉，从逆凶。”孔传：“迪，道也。顺

道吉，从逆凶。"此指取得吉祥、安好。

　④ 语出《论语·述而》："子疾病，子路请祷。子曰：'有诸？'子路对曰：'有之，诔曰："祷尔于上下神祇。"'子曰：'丘之祷久矣。'"

　⑤ 衅：罪过、过失。

　⑥ 出《诗经·小雅·角弓》。雨雪，下雪。瀌瀌(biāo)，雪大貌。晛，日气，日光。"晛"原作"睍"，误，据清阮元校刻《十三经注疏》本《毛诗正义》改。

　　人生最苦事，当父母之丧也。追思罔极①，刻不自安，况在新丧哀痛昏迷之际，而能井井有条，不失仪节，诚为难也。然大有关系处，切勿忽略。如临终时，毋听妇人女子，以世俗浅见，即行撤去帐幔，谓其魂不能出也。嗟乎！是气未绝，而先逐其灵矣。则孝子又何必被发跣足②，为招魂望复之事邪？又孝子方行含殓之事，其平日所卧被褥、所穿衣衫，悉弃露处，一二日后，打叠收藏，恐其病气触人，谓之消晦。延至七终③，或满百日，床帐亦无，室中空洞一新，是使其神无所依矣。嗟乎！则孝子又何必披麻执杖而为安灵设奠之事邪？魂既逐矣，神无依矣，其孝子犹尚此被发跣足而为招魂望复之事，披麻执杖而为安灵设奠之事，将欲掩人之耳目邪？抑欲避人之口舌邪？其为孝子已太忍心矣！又惑于僧道，大铙大钹④，呼喝灵前，谓之安位；及葬，必曰起灵，乃以令牌乒乓驱逐，谓之净宅，又谓之打扫。或曰亡人在堂，自有恶煞，是以行之。夫人生前正直无私，死后虽有恶煞，必不能相犯。如生前为人不善，则难必其无凶魔厮守矣。为孝子者何以指其生前非正直无私为人不善之处，而使恶煞凶魔相聚一堂邪？是不以亲为正直之人而为不善之辈矣。盖世俗惑于浮屠之说者⑤，以作斋诵经能灭罪恶而登天堂,否则必入地狱。愚夫愚妇,相沿成习,牢不可破。
甚至有读书知礼者,乃亦相率为之,岂不怪哉!温公引唐李舟
《与妹书》曰⑥:"天堂无则已,有则君子登;地狱无则已,有则小
人入。"是不欲其亲为君子,而欲其亲为小人矣,又何薄待其亲
一至此哉!凡为人子者,衣衾、棺椁各随贫富。其所终之室中
床帐、枕衾,以及平日所穿之衣衫,所用之器皿陈设如常,勿轻
移动,庶使神有依凭。孝子至此,必躬身屏息,恭敬如生。毋
惑僧说,辄作佛事;毋听妇言,遂争家产;毋失朝夕献食之仪,
毋忘诗礼过庭之训⑦;毋掩灵以毕姻⑧,毋散孝以射利⑨;毋不
顾亲丧而延宾与宴⑩,毋不承先志而失业废时;毋弟兄不睦以
自折手足,毋宗族不敦而致伤根本。仰承一德相绳之志⑪,益
励三年无改之衷⑫。噫,罔极难酬⑬,空抱蓼莪之痛⑭;劬劳未
答⑮,徒怀风木之悲⑯。曷若尽一日孝养,而胜终身孺慕也⑰。

① 罔极:没有穷尽。

② 被发跣足:披散头发,光着脚。被(pī),通"披"。跣(xiǎn):
光脚。

③ 七终:旧时丧俗,从死者去世后七日起,每七天举行一次祭奠活
动,从一七祭奠至五七或七七,谓之七终。

④ 铙(náo)、钹(bó):钹,乐器。二圆铜片,中部隆起为半球形,穿
孔以皮革连贯,两片合击发声。其大者谓之铙。

⑤ 浮屠:即佛陀,梵语音译,简称佛。

⑥ 温公:司马光,字君实。原籍陕州夏县(今山西夏县)涑水乡,生
于河南光山县。北宋宝元元年进士。历仕仁宗、英宗、神宗、哲宗四朝,
官至宰相。著名政治家、史学家。撰有《资治通鉴》等。死谥文正,追封
为温国公,世称司马温公。

⑦ 过庭之训:指父教。《论语·季氏》:"尝独立,鲤趋而过庭。"按,

鲤为孔子之子。后人遂称父教为过庭之训。

⑧ 掩灵：把死者的灵位遮掩起来。　毕姻：完婚。古时居丧期间不得完婚，故言。

⑨ 散孝：丧家向亲友发放白色孝布。　射利：谋取财利。

⑩ 延宾与宴：延请宾客和参加宴会。与，参加。

⑪ 绳：继承。

⑫ 三年无改：典出《论语·学而第一》：“父没（死）乃观其行，三年无改于父之道，可谓孝矣。”

⑬ 罔极：此指父母罔极（无穷）之恩。《诗·小雅·蓼莪》：“欲报之德，昊天罔极。”

⑭ 蓼莪：《诗经·小雅》篇名。《小序》谓此诗为孝子追怀父母之作。后因以蓼莪指对亡故父母的哀悼怀念。

⑮ 劬（qú）劳：此指父母抚育子女的辛勤与劳苦。《诗·小雅·蓼莪》：“哀哀父母，生我劬劳。”

⑯ 风木之悲：比喻父母亡故，不及侍养的悲伤。风木，同“风树”。《韩诗外传》卷九：“树欲静而风不止，子欲养而亲不待也。”

⑰ 孺慕：小辈对亲人的思慕。典出《礼记·檀弓下》：“有子与子游立，见孺子慕者。”

　　丧家散孝，风俗所最无礼之事也。凡人子不幸而获亲丧，披麻挂孝，是祸之莫甚于此者。可知孝是凶物，岂有送凶物于吉庆之门，欲使其为己亲挂孝而赴吊之理？若此，是欲使其不吉以作分祸与人之举邪？抑系假以散孝而为钓取赙仪之计邪①？然散于本族有服者犹可，如无服之宗亲概行散孝，不通甚矣！

① 赙（fù）仪：送给丧家的财礼。赙，以财物助丧事。

世俗之最可嗔可怪者，有暖丧一事：丧家未发引之前①，亲友以酒食，用鼓乐，优人作杂剧，或扮演戏文，谓之暖丧。甚有强孝子至酩酊大醉，次早启枢之时酒犹未醒，全是沉湎轻狂之状，绝无凄怆怵惕之形，为人子者，能自安乎？噫，世俗如此，深可嗔而可怪也！

① 发引：出殡。即将灵枢从家中或庙堂抬到坟地去埋葬。

世俗至于葬亲也，富有之家惑于堪舆，往往思购牛眠之地①。骤不可得，遂而蹉跎。一旦衰落，竟不能厝②。贫乏之人，弟兄推诿，亲友无助，迁延岁月，致渐相忘如无其事，一任抛露而不顾也。呜呼！死者安则生者安；死者不安，则生者又岂能安乎！夫死者以入土为安，生者亦以其亲已入土为安耳。殊不思富贵在天，虽有善地，亦不可求，徒相担误，何愚若此！至贫乏者，如果立志要葬亲，兄弟自应各尽其力，无可推诿；数犹不足，求亲告友，岂无一援手相助邪？嗟嗟，亲在既不能尽养，死后又忍至于久暴③，为人子者，是何心哉？

① 牛眠之地：风水宝地。见卷八《技艺部·地理》注。
② 厝(cuò)：安葬。
③ 暴：暴露。谓不入葬。

迁葬一事，风俗之最可鄙也。此堪舆家无处生活，说得天花乱坠。愚人堕其术中，遂至重价购地，挖掘改葬。甚有年久棺朽，骸骨零落，即移善地，亦何能望其显达邪？古人有云："阴地不如心地好。"何忍颠倒父母之骸骨，去搏自己未来之荣显①？其丧心病狂有若是者哉！夫葬者，藏也。苟得一抔土而藏之，幸矣，何必妄求他想，作此悖逆之事，使读书明理者委唾深鄙②，而犹可得为人乎？然间有地卑水积，渗漏莫治，自应迁移。是欲使死者安，勿因求生者利，又不可一概固执而论也。

① 搏：原作"榑"，误，据文意改。
② 委唾：吐唾沫。表示鄙弃。

风水者，古人所取避风避水，非当风当水之谓也。今人反其义而取有风有水为之佳地。若果欲取其有风有水为之佳地，则不虑风吹水激，朝暮不息，茕茕骸骨岂能永固，而犹望其得气发祥者哉？或曰：风者，气也；水者，脉也。气脉相接而不断，呼吸相应而不绝，是谓佳地，非真有风真有水，方为风水也。噫，奚云风吹水激而反得寿丁长邪①？

① 奚云：为何说。奚，何。 得寿丁长：获得长寿，人丁兴旺。长，增长。

世俗之造屋起船、修仓作灶、立户安床以及做酒合酱等事，俱书贴示曰："姜太公在此，诸神回避，百无禁忌。"未知出于何典，相沿日久，虽簪裾诗礼之家亦皆如此①，不以为奇。乃曰出于《封神演义》，是有本也。可发一大笑。

① 簪裾：显贵者的服饰。借指显贵。 诗礼之家：世代读书讲究礼教的人家。

世俗之惑于巫司者，以其谬托鬼神，妄判祸福，致使庸愚辄被撮弄，一有疾病，即祷于巫，卜之吉凶，必得所犯何神，牲酒供献，敲锣击鼓，将神出身结果之处逐一宣扬，如同叫骂，谓之祝献，又谓之唱菩萨。噫嘘，生人请客尚然有到有不到，岂有为神祇者一呼即至，享此牲酒之微，肯听其数说是非洒落于筵前邪①？殊失敬神如在之意，又何能消殃而降福也？由此推详，何惑之有？

① 洒落：奚落。数说他人过失或短处。

附　录

看山阁图

看山阁图题辞 黄图珌

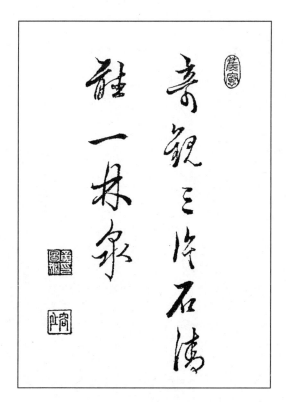

奇观三片石，清听一林泉。